世界文學
經典名作

# 柳林中的風聲

## THE WIND IN THE WILLOWS

KENNETH GRAHAME

肯尼斯・格雷厄姆 著
楊玉娘 譯

# 登場人物

●鼴鼠：或名地趞子，即閩南人所稱的「錢鼠」，黑色，體長五寸餘，前肢有力，善掘地，白天匿居洞穴，夜間或清晨出來捕食昆蟲、蚯蚓，也吃植物之根。

●河鼠：或名水老鼠、麝香鼠、濱水而居。

●蛤蟆：即蟾蜍，一般喜稱癩蛤蟆，皮上有疣，能分泌毒汁，不能鳴叫，居陰溼之地。

●獾：形似野豬，毛長，能扒土。尾部有囊能放臭氣。

●黃鼠狼：即鼬鼠，或稱黃鼬，體長一尺餘，黃褐色毛，專吃小禽之血或鳥蛋。被敵人窮追不捨時能由肛門腺分泌毒液，嚇阻敵人而脫逃。

●白鼬：鼬鼠的一種，產於亞、歐、北美、體型細長，腿短，夏季毛色轉為棕褐。

●雪貂：亦名白鼬，形似鼬鼠，善偵搜，用於捕鼠、獵兔頗能勝任。

# 關於・本書

在英國，肯尼斯・格雷厄姆的《柳林中的風聲》受喜愛的程度是數一數二的。自問世以來，鼴鼠、河鼠、蟾蜍和獾在英國鄉下的歷險故事，一直如常青樹般深受各年齡讀者的喜愛，從中誕生無數電影、電視和動畫。然而，儘管童話讓讀者聯想起一個無關時代的世界，其內涵卻比常見的解讀要複雜且成人化得多，堪稱尖銳的社會諷刺小說，也能讓大人獲益匪淺。

這本書曾經引起當時美國總統羅斯福的注意，他曾寫信告訴作者，他把《柳林中的風聲》一口氣讀了三遍。《柳林中的風聲》也是《哈利波特》作者J・K・羅琳最喜歡的文學作品，在《哈利波特》當中赫夫帕夫學院的圖騰獾就是以書裡憨厚的獾先生為原型的。二〇〇三年，BBC「大閱讀」活動票選全英國最受歡迎的小說，《柳林中的風聲》名列第十六。

《柳林中的風聲》大概是從作者為幼子阿拉斯泰爾講的睡前故事開始的。他以鼴鼠、河鼠、蟾蜍和獾為主角，講述他們的河畔歷險記，這個概念可能在一九〇四年前後就有了。到了一九〇七年，在暑假的時候，作者肯尼斯・格雷厄姆寫給阿拉斯泰爾的信裡，這些角色（還有很多關於蟾蜍的素材）已具雛形。

一九〇八年《柳林中的風聲》出版後，儘管評論界對此反應冷淡，但卻立即大賣。直至今日，此書已賣出千百萬本。儘管初版並無插圖，但在一九三〇年，畫家謝潑德（E.H. Shepard）被委任為此書配畫，他筆下的形象鮮活機趣，贏得了與故事本身不遑多讓的美譽。

故事的主線很簡單——神經緊張、足不出戶的鼹鼠渴望自由的空氣，便決定出去走走、遊歷一番。在河邊，他和一隻河鼠結為朋友，河鼠邀請鼹鼠坐上他的木船，在河上暢遊一番，還說了那句聞名的請辭：「世界上再也沒有——絕對沒有——比乘船遊逛更有意思的事啦」。鼹鼠和河鼠又去蟾宮拜訪傲慢又亂來的蟾蜍，去野林尋訪很有智慧、很少露面的獾。蟾蜍的歷險特別精彩：他是汽車發燒友，可是車技很差勁（還自豪地作證撞毀的車不下七輛），鼹鼠和河鼠出於好意，把他軟禁在家，可是他假裝病得奄奄一息，騙走河鼠藉機逃脫。隨後，他偷走一輛汽車，被警察逮捕，判罰入獄二十年。但他偽裝成洗衣婦，又一次溜之大吉。他返回迢迢大路，經歷種種冒險——大呼「到處旅行，變換環境，到處有樂趣，刺激！」——最後和朋友們歡喜重逢。

《柳林中的風聲》魅力不衰的秘密，不僅在於對經典敘事手法的巧妙發揮——如鼹鼠的歷險、蟾蜍的報應——還在於對大量深層次主題的探究。以他熟悉的泰晤士河兩岸風光為原型，格雷厄姆用溫情的筆墨興發，刻畫英國鄉村生活，滿懷念舊感傷，幾近宗教氣息，令不少評論家大為震撼。還有評論指出，文中描寫的這片風光確實岌岌可危，橫遭蟾蜍那花俏的新汽車粗暴破壞，也受社會上各種險惡勢力的威脅。書中最驚心動魄的場景之一，是一群邪惡的黃鼠狼、白鼬和雷貂霸佔蟾宮，活生生上演一場無政府主義的革命。

還有讀者會發現，在童話的面紗之下，全書遍佈尖銳的社會諷刺——蟾蜍代表揮霍無度的地主，錢財和癖好衝動多於理智，鼴鼠則是沉靜的英國中產階級形象。如評論家彼得・亨特所言，《柳林中的風聲》全書的行文時刻處處都惦記著孩子，但作者認為此書也屬於那些「擁有赤子之心的人」的作品！

# 作者簡介

## 肯尼斯・格雷厄姆：銀行家、作家和夢想家

格雷厄姆的童年遠遠不算快樂。他五歲時母親去世，父親因此沉迷酒精，家事主要靠叔叔和祖母操持。小肯尼斯體弱多病，但在牛津的學校裡表現很好，大有希望進入大學深造。可是叔叔不願承擔學費，令他抱憾終生。他只好去工作，一八七九年進入倫敦的英格蘭銀行，一直做到了一九〇八年才退休。

這三十年間，他過著不折不扣的雙重生活：工作時間是盡職的銀行員工，夜裡和週末是作家和夢想家。他投身文學，在倫敦期刊雜誌上發表短篇。

在早期作品中，格拉厄姆已展現出對兒童主題的關切，寫了一系列緬懷過去的故事，以一群帶著他童年影子的孤兒為主角。《黃金時代》（*The Golden Age*，1895）和《夢幻的日子》（*Dream Days*，1898）收錄了更多的故事，也奠定格雷厄姆的文學聲望。一八九七年，他與伊麗

莎白・湯姆森（Elspeth Thomson）相識，這位女士和畫家約翰・坦尼爾（John Tenniel）關係密切，還是詩人丁尼生（Alfred Tennyson）之友。兩年後，兩人結婚；一九〇〇年，他們的獨子阿拉斯泰爾誕生，小名為「耗子」，一目失明，另一目嚴重斜視，還有學習障礙。儘管如此，父母視他為掌上明珠，依然相信他蘊藏著非凡的才能。

一九〇六年，格雷厄姆被捲入一場銀行糾紛，被一名精神失常的男子開槍射擊；雖然身體無礙，但格雷厄姆還是在一九〇七年六月辭職，隨後一心投入創作，打開以前的筆記，從而誕生了這本原名《蘆葦之風》（*The Wind in the Reeds*）的名作。

## 悲傷的結局

《柳林中的風聲》雖大獲成功，終章卻是悲調。格拉厄姆從未承認自己是個「職業作家」，也幾乎沒有完成任何其他文學作品。他與妻子伊麗莎白為兒子阿拉斯泰爾投入大量精力，這個孩子隨著年歲的增長，與現實世界越來越脫節，眼看無法承載父母過高的期望。從拉格比和伊頓公學相繼退學後，他最後被送進牛津大學基督堂學院，學習得極其艱難，過活得極其苦悶。

一九二〇年五月，在入學的次年，差幾天將滿二十歲的阿拉斯泰爾在鐵軌上身亡；雖然驗屍報告記載是意外死亡，但以實際情況推斷可得出是自殺的結論。後來葬在牛津的霍利維爾墓地。一九三二年，已變賣家宅、和伊麗莎白暢遊歐洲數年的格雷厄姆辭世，葬在愛子的墓旁。這十二年期間裡，他幾乎未寫下任何值得關注的作品。

# 目錄

Pan Island
Wild Wood
Otter's House
Rat's House

Badger's House
Toad Hall
Road
Canal
Road

# 第一章・河岸

鼴鼠在為自己的小小家園進行春季大掃除，一整個早上忙得天昏地暗。先是拿掃把掃地，接著撣撣灰塵；然後爬上短梯，踩著臺階，踏到椅子上粉刷四壁。搞得沙子進了喉嚨和眼睛，一身烏溜溜的毛皮濺得到處都是白石灰水，手也酸、背也疼。春意在頭頂上方的空氣中、腳底下的土地裡、還有周遭活動，就連他那昏暗低矮的小屋內，也瀰漫著春日絕頂的不滿和渴望的氣息。這也就難怪他會突然把刷子往地板上一摔，直嚷著：「好煩吶！」「討厭死嘍！」還有：「去他的春季大掃除！」隨即連外套也來不及穿，就迫不及待地衝出屋外。頭頂上方不知什麼東西在急切地呼喚他。鼴鼠三步併做兩步趕往通向碎石車道的峭直小地道；這條車道屬於那些住在更靠近空氣和陽光的動物們。他一面七手八腳地用他的小爪子又挖又刨，邊摸索邊擠；再挖再刨，再摸索再用力擠；一面喋喋不休地暗自嘮叨：「上啊！上啊！快上前吧！」最後終於：「噗！」他的口鼻鑽進陽光裡，身體在大草地裡暖洋洋的青草上連打好幾個滾。

「好棒哇！」他自言自語：「這比粉刷牆壁好多啦！」陽光熱烘烘地照在他的毛皮上，微風柔柔吹拂他被曬燙的額頭。在與世隔離的地洞裡蟄居那麼長的一段時間後，鼴鼠的聽力遲鈍了。快樂的鳥兒們婉囀的歌唱，在他耳裡聽來活像大呼小叫。在生氣蓬勃的喜悅和免除大掃除的春之歡欣中，他四肢同時彈躍，蹦蹦跳跳地跑到草地另一頭的樹籬前。

「站住！」一隻老兔子守在樹籬的缺口說：「通過私人道路先付六便士。」但他馬上就被既不耐煩又不把他放在眼裡的鼴鼠整得狼狽不堪。對方不但昂首闊步地沿著樹籬走，還滿口：「洋蔥醬！洋蔥醬！」（沾兔肉的佐料）地嚷嚷著，戲弄那些急急忙忙從洞裡蹦出來瞧瞧外頭在吵些什麼的兔子，而趁他們還沒來得及想出什麼理想的話回敬前跑掉了，丟下那些兔子彼此一如往常般互相抱怨：「你真笨喲！怎麼不告訴他說——」「喂，那你自己為什麼不說——」「你本來可以提醒他說——」諸如此類等等的話；不過，當然啦，就像以往每一次一樣，太遲啦！

一切似乎都好得不像真實的。他忙忙碌碌地在大草地上四處逛，順著灌木樹籬，穿過一叢又一叢的矮樹，處處看到鳥兒在築巢，花兒在吐蕊，樹葉兒一葉葉舒放開來——萬事萬物都是那麼快活忙碌、欣欣向榮。他不覺得不安的良心在鞭策著他，對他細聲叮嚀：「快粉刷牆壁啊！」卻又感到在這一大堆忙個不停的居民間當個懶骨頭是多麼快活呵！畢竟，也許假期中最棒的一部分並非好好休息，而是看到的傢伙全在忙著工作。

他漫無目標地到處閒逛，心想自己真是快活到頂點！猛不防，已經站在一條漲滿水的河流邊。他從小到大沒有見過任何河流——這彎彎扭扭、光滑飽滿的動物，沿路追逐嬉笑，一會兒笑呵呵地抓住某樣東西，一會兒又哇哈哈地把它放走，衝上前去糾纏新玩伴。新的玩伴們掙脫開了，馬上又被抓住。一切都是搖搖盪盪、抖抖顫顫——微光閃耀、浪光粼粼，打著漩渦、潺潺作響，嘰哩咕嚕、冒出水泡。鼴鼠困惑、著迷、如癡如醉了。就像個被某人的刺激故事吸引得入迷的小小人兒，老追在那人身邊跑來跑去一樣，鼴鼠也順著河畔快步奔跑；等到終於跑累了，他便坐在河岸。而河水依然不斷地對他潺潺細訴，訴說一則則世上最好的故事。它們來自地心，最後要說給永不知足的大海聽。

他坐在青草地上隔著河向對岸望，看見就在河水邊上有個暗暗的洞，於是矇矇朧朧地便思忖起對於一隻沒有什麼需求，喜歡在比最高洪水位高些、而又遠離塵囂的小巧河濱居處居住的動物來說，那該是多麼舒適的一個小住所啊！正當它凝望著那個洞穴時，似乎有個明亮的小東西在它的中心一閃而逝，緊接著又像顆小星星一樣再度閃閃發亮。但此時此地，那不可能是顆星星；而若是隻螢火蟲的話，卻又顯得太亮太小了。這時，正當鼴鼠朝著它凝望，那東西對它眨了眨，令他明白那是顆眼睛；漸漸地，一張小臉就像圖畫四周的框一樣，圍繞它的四周成形。

一顆長了鬍鬚，棕色的小臉。

一張莊嚴的臉，眼睛裡有著和首先吸引他注意的一模一樣的閃光。

小巧玲瓏的雙耳，一身濃密光滑的毛。

是隻河鼠！

兩隻動物站在那裡，小心慎重地打量著對方。

「嗨，鼴鼠！」河鼠打招呼。

「嗨，河鼠！」鼴鼠也喊著。

「你要過來嗎？」河鼠立即詢問。

「噢，能聊聊天倒是很好——」鼴鼠衝口而出；河流、河濱生活、還有河濱生活的方式對他來說都很新奇。

河鼠什麼也沒說，只是彎下腰解開一段繩子用力拉，然後輕巧地跨入一艘鼴鼠早先沒注意到的小船裡。小船的外殼漆成藍色，裡面是白的，大小只容兩隻動物搭乘；鼴鼠雖然不完全明白它的功用，整顆心卻馬上就對它充滿了嚮往。

河鼠乾淨俐落地把船划到這邊岸旁繫牢，然後在鼴鼠戰戰兢兢地往小船裡跨時伸出前爪。「扶穩嘍！」他說：「好啦，來，輕輕地跳進來！」接著鼴鼠便喜出望外地發現自己真的坐在一艘道地的船隻船尾了。

「今天真是美妙的一天！」他看著河鼠把船推離河岸，再度搖起船櫓，說：「你知道嗎，我這輩子從沒坐過船哩！」

「什麼？」河鼠張大嘴巴嚷著：「從來沒有坐過——從來沒有——噢！我——那麼你一向都做些什麼？」

「坐船真有那麼好嗎？」鼴鼠怯怯地問；只是他一靠在座位上，打量著船上的座墊、船槳和槳架，以及所有迷人的設備，感覺到船身在他底下輕輕搖盪，就已經準備好要這麼相信了。

「好？這是天底下最棒的事情了！」河鼠邊探身向前搖槳，邊鄭重地說：「相信我，年輕朋友，沒有一件事——絕對沒有一件事——能比得上光是在船上消磨時間那麼值得做；連一半都不值。光是消磨，」他如夢似幻地說。「在——船上——消磨時光；在船上——」

「小心前面，河鼠！」鼴鼠驀然大叫。

來不及了。小船全速撞上河岸，那沈醉在白日夢中的快樂划船手四腳朝天地仰躺在船底。

「——或者傍著小船——消磨時光。」河鼠爽朗地哈哈一笑，若無其事地接著說：「不管在船上或者下了船都無所謂。迷人就迷人在這裡，似乎什麼事情都沒啥關係。無論是離開也好，不離開也罷；到達自己的目的地也好，抵達別的地方也行，或者根本沒到任何一處都無妨，總是忙忙碌碌，也總是不會特地去做什麼；等你做完這事總是還有別的事要做，如果你高興儘可以去做，不過最好還是別做。喂！要是你今早真的沒有什麼別的事要做，乾脆咱們倆一塊兒順流而下，泛舟一整天可好？」

鼴鼠快活得來回搖動他的腳趾，心滿意足地擴張胸肌歎口氣，然後喜孜孜地靠在軟軟的座墊上。「我將擁有多麼美好的一天呵！」他說：「咱們快快出發吧！」

「嘿，稍等一下！」河鼠把纜繩穿過他的棧橋❶上的一個環打個結扣住，爬到上頭自己的洞穴裡，不一會兒工夫又頂著一個裝滿了東西的柳條點心籃，搖搖擺擺地出來了。

---

❶ 棧橋：架在水上或浮於水上供人貨起落用。

「把這個推到你腳底下去。」他把籃子遞下船，關照鼴鼠處理。然後解開了纜繩，再度搖起了雙櫓。

「那裡頭裝些什麼？」鼴鼠好奇地扭動著身子說。

「裡頭有冷雞肉，」河鼠快地回答：「冷舌頭、冷火腿、冷牛肉、醃小黃瓜沙拉、法國捲餅、水芹、三明治、罐裝肉薑汁、啤酒、檸檬汁、蘇打水——

「噢，停下來，停下來，」鼴鼠忘形地大叫：「太多了！」

「你真的這麼認為嗎？」河鼠認真地詢問。「這只是我平常短程旅行時攜帶的東西；而別的動物老是告訴我說我是個小氣鬼，寒酸極了！」

鼴鼠一個字也沒聽進耳朵裡。他全神貫注於眼前展開的新生活裡，陶醉在那閃閃波紋、漣漪、陽光，還有種種氣味、聲音裡，一隻手伸進水中拖曳，做起長長的白日夢來。好心的小同伴河鼠也強忍著不去打擾他，從從容容地划著小船。

「老兄，我非常喜歡你的服裝。」大約經過半個小時後，他開口談道：「改天等我一能買得起，就要替自己買套黑色天鵝絨晚間家居服。」

「抱歉，你說什麼？」鼴鼠努力集中精神：「你一定覺得我很無禮，可是這一切對我來說實在太新奇了。原來——這——就是——一條——河！」

「是這條河流。」河鼠糾正。

「你真的住在河邊嗎？多麼愉快的生活啊！」

「住在河邊、河旁、河上、河裡，」河鼠說：「它是我的兄弟姊妹、姑姑阿姨，是我的夥伴，還有食物和飲料，另外（當然）還是我的洗潔劑，它是我的世界，別的什麼世界我都不要！它沒有的東西都不值得擁有，它不知道的事情都不值得知道！天哪！我們曾共度多少美好的時光！不管是春夏或秋冬，一年四季都有它的樂趣和興味。當二月河水泛濫時，我的地窖和地下室裡都溢滿了對我沒有好處的大水，混濁的水從我最好的臥室窗口流過；而等到水全退了，露出一灘灘聞起來像葡萄乾蛋糕味道的爛泥巴，還有堵塞地道的水草、燈心草，我便可以不用沾溼四足，在絕大部分雜物、泥巴床上閒逛，還可以找到新鮮食物吃，撿到粗心大意的人們掉到船外的東西哩！」

「可是只有你和河流，完全沒有別人可以互相交談，」鼴鼠放大膽子問：「有時候不會有點無聊嗎？」

「沒有別人可以——算啦，我不能對你太嚴苛，」河鼠容忍著說：「你對這些不熟悉，自然不懂。近來河岸擁擠得不得了，以至於很多人都一齊搬走了。噢，不，並非一向如此；絕不是。水獺、翠鳥（一名魚狗，啄魚為食）、小鷿鴣、紅松雞……整天都在這一帶出沒，而且老是要你去做點什麼——彷彿人家沒有自己的事要照料似的！」

「那邊那一大片是什麼？」鼴鼠高舉一隻爪子朝一片林地揮舞，林地邊緣迷離地圍繞著河流一側的數片低平草地。

「那個？噢，那不過是野樹林罷了！」河鼠簡短地回答：「我們這些河畔居民不常過去。」

「難道他們——難道住在那裡的不是很好的人？」鼴鼠有點兒緊張。

「唔——」河鼠回道：「我想想看。松鼠們不錯。還有兔子——一部份啦；兔子裡好的壞的都有。接下來，當然，獾也是。他住在野樹林的中心；就算你付錢給他，他也不會搬到別處住。親愛的老獾呵！沒人干擾他。」說完鄭重其事地補上一句：「他們最好不要。」

「哦，有誰會干擾到他呢？」

「唔，當然有——別人；」河鼠支支吾吾地說明：「像是黃鼠狼嘍——白鼬嘍——還有狐狸——等等的。他們多多少少還算好啦——我跟他們都是很好的朋友——碰面時會共度一天，諸如此類的——不過，無可否認的，有時他們會突然翻臉——總之，你不能真正信賴他們，這是事實。」

鼴鼠深知老談論些可能帶來困擾的話題有違動物禮儀，就連只是略微提及也嫌失禮，於是捨棄這個主題。

「那麼過了樹林那頭呢？」他問：「那灰灰藍藍，看起來也許像山丘，又也許不是的地方。有個東西看似城鎮煙霧；或者那只是浮雲呢？」

「過了野樹林就是大世界；」河鼠說：「是跟你我都不相干的東西。我從沒去過那裡，以後也不會去，要是你有那麼一點兒腦子的話，一定也不要去。拜託，以後千萬別再提它了。好啦！我們總算到達回流處了，午餐就在這裡吃。」

他們離開主流，將船划進一個乍看之下像是被陸地封鎖的小湖。湖的兩側都是青草坡，平靜的水面下閃現像蛇一般蜿蜒曲折的褐色樹根。而他倆的前方則是一座矮壩，銀色的壩肩與激得水花四射的滾輪，旁邊併立著一輪滴答不停的水車車輪，車輪轉動間又顯現出一座砌著灰色三角牆的磨坊，使得空氣中充滿了一種單調沈悶、讓人聽了心神鬆弛的細碎模糊聲響，只是間或仍會揚起幾聲輕脆愉快的小小談話聲。眼前的畫面是如此美妙，不由得鼴鼠高舉兩隻前爪，喘著氣聲聲讚歎：「啊呀！啊呀！啊呀！」

河鼠把船盪到岸邊繫牢，扶助動作生疏的鼴鼠安全上岸，同時將午餐籃子甩上來。鼴鼠央求著准許他親自打開餐籃；河鼠非常樂意滿足他的願望，自己伸展四肢躺在草地上休息，讓他那興奮的新朋友去抖開桌巾鋪好，一一取出所有神秘的小包包，每拆一個包包就為裡頭意想不到的東西輕呼：「啊呀！啊呀！」並將所有的東西全部擺設妥當。待一切就緒後，河鼠便招呼：「來吧，老兄，痛快吃！」鼴鼠欣然從命。因為他就像大夥兒可能的作風一樣，一大清早就開始進行春季大掃除，中間不曾停下來吃口東西、喝口茶；而從那個在如今感覺彷彿經過許多天的遙遠時刻到現在，他又已經歷過好多事情了。

「你在看什麼？」兩人稍稍止飢，鼴鼠的眼睛可以暫離餐巾到處轉轉後，河鼠問。

「我在看，」鼴鼠說：「那一連串我看見沿著水面移動的水泡；我覺得怪有趣的。」

「水泡？歐噢！」河鼠放開心懷、慇懃地吱吱暢笑。

堤岸邊緣露出一張閃著水光的大嘴巴，水獺冒出身來，抖掉毛皮上的水珠。

「兩隻貪吃鬼！」他打量幾眼，朝著那些食物走來：「為什麼不邀我啊，河鼠！」

「這是臨時起意的。」河鼠解釋：「順便向你介紹——我的朋友鼴鼠先生。」

「認識你是我的榮幸。」水獺說著，兩隻動物從此成為朋友。

「到處都好喧鬧哇！」水獺接著又表示：「整個世界好像都在今天現出河上。我特地跑到這個流處來想要清淨一下，結果卻碰上你們這兩個傢伙！至少——唔，很抱歉——我壓根兒不是那個意思。」

後方的樹籬傳來沙沙聲；這樹籬還濃濃密密覆滿去年的老葉。一顆長條紋的腦袋鑽出來窺望他們，腦袋後頭聳著一副高高的肩膀。

「來吧，老獾！」河鼠高喊。

獾朝前邁出一、二步，隨後嘀咕一聲：「唔！一群人。」便轉過身去，消失無蹤。

「他就是那個樣子！」失望的河鼠表示：「百分之百討厭交際，今天我們是不會再見到他啦。喂，告訴我們，有誰在河上露面？」

「癩蛤蟆；比方說。」水獺回答：「乘著他那嶄新的競賽艇、新上衣；樣樣是新的！」

「有一陣子，他死心塌地迷上駕駛帆船。」河鼠說：「後來他覺得膩了，又開始喜歡上撐船，非得每天從早撐到晚，否則就不快活，搞出許多亂子來。去年他熱衷的是以船為家，我們全都去他的水上住家陪他住過，還得裝作很喜歡。那時他打算後半輩子都在那船宅中度過。不管他喜歡上什麼都一樣，總是要不了多久，喜新厭舊的老毛病就又犯了。」

「他也是個好傢伙，」水獺沉思著論斷：「只是沒定性特別是在船隻方面。」

從他們所坐的地方，可以越過分離水道的小島瞥見河的主流；就在這時，一艘賽艇疾射而入他們視野，艇上的划船手——一個矮矮胖胖的人物——濺得渾身是水，身體搖幌得厲害，卻仍拼了老命地賣力划船。河鼠站起來對他招呼，但蛤蟆——因為艇上的正是他——卻搖搖頭，堅決地繼續向前划。

「他這樣搖來幌去，要不了一分鐘工夫準滾下船去。」河鼠再度坐下。

「那是一定的。」水獺笑呵呵地說：「我告訴過你那則蛤蟆和水閘管理員的妙故事沒有？事情是這樣的。蛤蟆……」

一隻漂游的蜉蝣，像初見世面時那股血氣方剛的青春活力，陶陶然逆著水流飄忽不定地斜穿過去。一陣漩渦加上一聲：「咕嚕！」就再也見不著蜉蝣的蹤影了。

水獺也不見了。

鼴鼠低頭凝視。話聲依然在耳，可是他剛剛張開手腳躺過的那塊草地上卻空空如也。遙望遠遠的地平線，看不到一隻水獺的影子。

然而，河面上又冒出一連串泡泡了。

河鼠輕輕哼起一支小調，鼴鼠也想起根據動物禮儀，無論什麼時候，出於任何原因或者根本沒有任何原因，都不得對於朋友的突然消失無蹤發表任何評論。

「好啦，好啦，」河鼠說：「我想咱們該走了。我們兩個由誰來收拾餐籃比較好呢？」他的口氣一點也沒有迫不及待想搶做這件差事的意思。

「噢，拜託讓我來。」鼴鼠說。所以，河鼠自然如其所願嘍！

收拾餐籃並不如打開餐籃那麼好玩。一點也不！不過鼴鼠一心一意享受每件事的樂趣，儘管才剛把籃子裝好，捆得牢牢的，就看見青草地有個餐盤在對著他望，等他處理完這東西後，河鼠又指著一把誰都應該看到的叉子給他看。最後，瞧！那個他一直坐在上頭卻渾然不知的芥末罐子——不過，事情最後總算完成了，鼴鼠也沒生多大的氣。

下午的太陽漸漸西沉了，河鼠帶著夢幻的心情輕柔地搖著船回家，一路喃喃自語地吟誦些詩句之類的東西，不太理會鼴鼠。可是鼴鼠午餐吃得飽飽的，加上內心揚揚得意，頗為自滿，對於搖船又已經很熟習（他是這麼認為的），開始顯得有點兒不耐煩。於是，這會兒他開口了：「河鼠老兄！拜託，我想划船；就是現在！」

河鼠微笑著搖搖頭。「朋友，還不行，」他說——「等你學過幾門功課再說。划船並不像表面上看起來那麼簡單。」

鼴鼠安靜了一兩分鐘，卻馬上又對搖櫓搖得那麼輕鬆有勁的河鼠感到越來越嫉妒，於是他的傲氣開始悄悄煽風點火，說他也能划得和對方不相上下。他猛不防地跳起來抓住雙槳，突然得讓正盯著河水吟哦詩句的河鼠大吃一驚，往後跌落他的座位，接著又摔了個四腳朝天，而得意的鼴鼠卻佔住他的位置，信心十足地抓穩船櫓。

「笨蛋，快住手！」河鼠倒在船底大叫了：「你辦不到的！你會害我們翻船的。」

鼴鼠誇張地把雙櫓往後一盪，又用力朝水裡一鏟，結果不但根本沒有碰到河面，兩腿還甩過頭頂摔了個倒栽蔥，倒在平臥於船底的河鼠身上。

他猛嚇一大跳，趕緊抓住一邊船舷，緊接著——「啪！」船翻啦，鼴鼠掉進河中掙扎。

噢，天哪，河水多麼冷啊！歐，感覺多麼多麼溼啊！水在他的耳中嗡嗡鳴響，身體一直往下沉、沉、沉！當他一邊咳一邊噴著水冒出河面時，太陽看起來是多麼耀眼，多麼討人愛呀！當他再度覺得身體往下沉時，那股絕望是多麼無可救藥！就在這時一隻堅定有力的爪子揪住他的頸背。是河鼠；他顯然正破口大笑——鼴鼠可以感覺得到他在笑；就在他的手臂下，經由他的爪子，傳入他——鼴鼠——的頸子。

河鼠抓到一支船槳，塞在鼴鼠的胳臂下，然後依樣畫葫蘆地在他另一支胳臂下也塞上一支，自己在後面游著泳，把這無助的動物推到岸邊，拖出水中，把他這一團軟綿綿、溼嗒嗒的可憐東西安置在岸上。

河鼠幫他稍做按摩，擰掉身上的一些水，說：「喂，好了，老兄！現在儘可能在岸邊路上大步來回疾走，直到全身再乾爽、暖和起來，我也要潛到水底撈餐籃去了。」

於是，外表溼透、內心羞慚的河鼠沮喪地快步走來走去，直到身上全部乾透。而在這同時，河鼠也再度躍入水中，把船翻上來扶正、繫牢，將漂流的財物逐一撈回來放在岸邊，最後終於成功地找到午餐籃，奮力拖著它上岸。

等到一切就緒，可以重新出發了，四肢無力、垂頭喪氣的鼴鼠便坐回他在船尾的老位置。船划離岸邊後，他用一種激動得瘖啞的聲音低聲說：「河鼠，我寬宏大量的朋友！我真的很為剛剛忘恩負義的愚蠢行為抱歉。我一想到自己差點把那漂亮的午餐籃搞丟了，心裡就難得過得要命。真的，我知道，我是隻十足的蠢驢。這一次你能不能不要計較，讓一切都像先前一樣？」

「老天，這沒什麼！」河鼠開心地回答：「一點點溼對河鼠哪算一回事？大部分日子裡，我在水裡的時間比在外頭的時間還多。千萬別再把這件事放在心上了；喂，聽著！我真的認為你最好來跟我一塊兒小住一段時候。我家很簡陋——的，一點也不像蛤蟆的府邸——不過你還沒見過蛤蟆府哩；然而，我還是可以讓你住得舒舒服服的。我會教你划船、游泳，不久你對水就會像我們所有人一樣，應付自如了。」

鼴鼠被他親切的談話態度感動得說不出話，忍不住用掌背抹開一兩滴淚珠，但是河鼠卻好心地把眼光移到別的方向。很快地，鼴鼠重新鼓舞起精神，甚至能夠對兩隻正互相竊笑他那落湯雞模樣的紅松雞當面頂回去。

到家之後，河鼠在客廳裡生起熊熊的爐火，替鼴鼠取來晨袍和拖鞋，把他安置在爐前的一把搖椅上，告訴他許多河上的故事，一直說到吃晚飯時間。對於像鼴鼠這樣一隻陸居的動物，這些故事同樣十分精采刺激。內容包括什麼水壩啦、突如其來的洪水啦、會跳躍的梭子魚啦，還有會亂拋瓶子的汽船——至少瓶子的確是被拋出來了，而且是從汽船上，可想而知，是被它們拋的；另外還談起蒼鷺，以及他們談話的對象有多特別；提到和水獺一塊兒進行過的排水溝歷險記與夜間捕魚；和獾一同去過的野外遠足。晚餐是最最愉快的一餐飯；不過才剛吃飽飯不久鼴鼠就睏倦極了，只好由體貼的主人送到樓上最好的寢室去。一進房間，他馬上極其安詳愜意地把頭靠到枕頭上，心知他新發現的朋友——河鼠——正拍打著他的窗欞。

對於獲得解放的鼴鼠而言，這天不過是一連串相似日子的頭一天。隨著萬物漸趨成熟的夏季逐漸到來，白天一天比一天長，一天比一天更充滿樂趣。他學會了游泳和划船，深入流水的歡暢境地。他朝蘆葦欉裡豎起耳朵，間或聽到風在蘆葦桿間不斷輕訴低語。

# 第二章・通衢大道

「河鼠，」

一個晴朗的夏日早晨，鼴鼠突然表示：

「如果你願意，我想請你幫個忙。」

河鼠正坐在河岸上唱著一支小曲。那是他剛剛親自完成的曲子，此刻正在熱頭上，對於鼴鼠和旁的事務一概不太理會。打從一大清早，他就和他的鴨子朋友們在河裡游泳。每當鴨子們忽然屁股朝天地頭鑽進水裡（那是鴨子的習性），他便潛到水中，在他們下巴位置——如果鴨子有下巴的話——下方的頸子上搔癢，直到他們不得不急忙將頭伸出水面，氣急敗壞地霹哩啪啦呱呱不休，衝著他抖掉羽毛上的水；因為在頭部埋入水裡時，根本無法淋漓盡致地說出自己的感覺。最後他們終於央求他走到一旁去忙自己的事，他們的事讓他們自己管。於是，河鼠離開了，坐在河岸的陽光下，製作一首描寫他們的歌，命名為——

## 鴨子小唱

沿著水的迴流處，
穿過高高燈蕊草，
鴨子隻隻在戲水，
齊把尾巴翹！

母鴨尾，公鴨尾，
黃黃的腳兒在抖動，
黃黃的嘴巴看不見
忙碌在河中！

泥濘的青青矮樹下
翻車魚在那兒游泳——
我們在此貯食物，

清涼豐盛又朦朧。

人人追求他所愛！
我們就喜歡
頭朝下，尾向上，
痛快戲水玩！

在那高高藍天上
褐雨燕盤旋鳴叫
我們都在下面戲水
齊把尾巴翹！

「河鼠，我恐怕並不十分欣賞那支小曲。」鼴鼠審慎地說。他本身不是詩人，也不在乎人家知道他不是。更何況，他生性坦率。

「鴨子也不欣賞。」河鼠愉快地回答：「他們說：『為什麼不容人家在喜歡做什麼的時候就做什麼，卻容許別人坐在岸上隨時盯著他們瞧，又評頭論足寫些關於他們的詩句什麼的？多麼荒唐啊！』鴨子們就是那麼說的。」

「說得沒錯，說得沒錯。」鼴鼠痛快地附和。

「不，才不對！」河鼠憤憤不平地嚷著。

「唔，那就不對，就不對。」鼴鼠撫慰他說。「不過我想問你的是：你難道不帶我去拜訪蛤蟆先生嗎？我聽說了那麼多關於他的事，真的好想結識他。」

「噢，當然好。」好脾氣的河鼠跳起來，這一天裡就不去想什麼詩歌了。「快把船撐出來，我們這就划到那邊去。拜訪蛤蟆，任何時間都不會不妥。早去晚去他都是同樣一個人。永遠好脾氣，永遠高興見到你，永遠看到你要告辭就難過！」

「他一定是隻很好的動物。」鼴鼠說著登上小舟，拿起雙槳，河鼠舒舒服服地坐到船尾去。

「他確實是隻最棒的動物。」河鼠回答。「那麼單純，那麼好性子，又那麼重感情。也許不是很聰明——我們不可能全都是天才；也許他既愛吹牛又自負。不過他也擁有某些極好的優點；在如今。」

他們繞過一個河灣，迎面望見一座美麗氣派的老宅第，以色澤柔和的紅磚塊為建材，屋旁精心維護的草坪一直延伸到水畔。

「那就是蛤蟆的家，」河鼠介紹：「左邊那條豎著塊招牌，聲明：『私人產業，不得登岸』的小溪通往他的船庫，待會兒我們就在那兒下船。馬廄在右邊那頭。你現在看到的是宴會廳——年代非常久遠了。蛤蟆非常富有，而這也真的是附近最好的邸第之一，只是我們從不當著蛤蟆的面這麼承認。」

他們溯溪而上。當小船划進一座大船庫的陰影裡時，鼴鼠收起船槳。在這裡，他們看到許多漂亮的小船，有的懸吊在橫樑下，有的停在碼頭上，但沒有一艘是下了水的，整個地方瀰漫著一股被人遺棄的荒涼之感。

河鼠環顧四周。「我懂啦，」他說：「船隻已經成為過去式。他玩膩了，不再碰這些東西。不曉得這會兒他又迷上了什麼新玩意兒？隨我來，咱們拜訪他去。馬上我們就會聽到全部詳情啦。」

他們離船上岸，信步穿過萬紫千紅點綴其間的草坪尋找蛤蟆，不一會兒，便看見他一臉悠然神往地躺在柳條涼椅上，膝頭攤著一張大地圖。

「好哇！」他一見他們倆便跳起來大叫：「太棒了！」他熱情地與他倆握手，不等河鼠引見鼴鼠，便繞著他們手舞足蹈：「你們真是太好了！我正想派艘船到河那邊去接你，嚴厲吩咐不管你在做什麼都得把你接來哩，河鼠。我太需要你——你們兩位了。來點什麼？到裡頭來點東西！

你們不知道自己正巧在這時候出現，是件多麼幸運的事情啊！」

「我們安靜坐會兒吧，蛤蟆！」河鼠一屁股坐到一把安樂椅上，鼴鼠也坐上他旁邊的另一把安樂椅，對蛤蟆「可愛的住處」發出些禮貌的讚賞。

「這是整個河域最完美的房子，」蛤蟆情緒激昂地嚷著，隨後又忍不住追加一句：「或者該說——全世界上最完美的！」

這時，河鼠用手肘輕輕一碰鼴鼠。不幸的是他的動作讓蛤蟆瞧見了，登時漲得面紅耳赤。在片刻難挨的沉默後，蛤蟆猛然破口大笑。「好啦，河鼠，」他說：「你知道，這不過是我的一貫作風嘛。再說這房子也沒那麼差勁啊，不是嗎？喏，你自己就相當喜歡它呀。喂，聽我說，咱們開門見山，你們正是我所需要的。你們必須幫助我。那是最要緊的事情了！」

「我猜想，大概是有關你划船的事吧。」河鼠一派真誠地說：「你雖然還是會濺起一大片水花，不過已經漸漸划得很不賴了。只要有足夠的耐心，加上充分的訓練，一定會——」

「噢，呸！划船！」蛤蟆打斷他的話，厭惡地說：「幼稚的無聊娛樂。我老早就不幹啦。那遊戲只會浪費時間。看到你們那樣漫無目的地耗費掉所有精力，簡直讓我難過死啦！你們應該更懂事些的。不，我已發現了真正的事；唯一可以做為終身職業的正事。我打算把後半輩子全貫注在這事情上，唯一可歎的只是過去那麼多年的歲月，全白白浪擲在無謂的瑣事上了。隨我來吧，

親愛的河鼠，還有你這位親切的朋友，如果他肯勞駕的話那就太好了。只消走到馬廄外，你們就會看到要看的東西。」

他說著在前帶路，後頭跟著滿臉不信任的河鼠。到了馬廄外，他們看到一部新得金光閃閃的吉普賽蓬車，車身由車房延伸到外面的空地，漆成對比鮮明的淡黃與正綠二色，外帶紅色的車輪。

「瞧！」蛤蟆跨立在車邊，自吹自擂地嚷著：「坐在那部小貨車裡頭，這才叫真正的生活。通衢要道、塵沙飛揚的高速路、石楠遍野的荒地，公有地、灌木樹籬、還有起起伏伏的丘陵！營地、村莊、小鎮、大城；今天在這裡，明天啟程到別處去！旅行、變化、興趣、亢奮！整個世界都在你眼前，還有一條隨時改變的地平線！另外，聽著，這是同類車子有史以來造得最好最好的一輛，絕對沒有任何疑問。上來瞧瞧內部的佈置。全是我親自設計的；真的！」

鼴鼠情緒亢奮，興沖沖地隨他踩上踏板，進入篷車內部。河鼠卻是嗤之以鼻，兩手深深插在口袋裡，留在原地。

車裡的確佈置得相當精巧舒適。幾張小小的臥鋪──是倚在車廂壁摺疊起來的小桌檯──一只烹飪火爐，幾座小櫥子和書架，一個關著一隻小鳥的鳥籠；還有各式各樣、大大小小的鍋、盆、壺、罐。

「應有盡有！」蛤蟆得意地拉開一個小櫥櫃：「瞧──餅乾、罐裝龍蝦、沙丁魚──要什麼有什麼。這是蘇打水──那邊是煙草──信紙、燻肉、果醬、紙牌和骨牌──你們會發現──等我們今天下午出發時，你們會發現該有的東西一樣都沒漏。」

「對不起，」河鼠嚼著草禾，慢調斯理地問：「我是不是聽見你談到什麼『我們』、『今天下午』、『出發』來著？」

「唉，親愛的好河鼠，」蛤蟆懇求他說：「別又要用那種又傲又硬的口氣講話了，因為你知道你非去不可。沒有你我應付不來，所以拜託就當全都說定了，別再爭論——我受不了辯來辯去的。你自然不打算一輩子死守著你那條老舊沉悶的臭河流，光是生活在一個河岸的洞穴裡，和一艘小船上吧：我要帶你去看這世界！我要讓你成為一隻動物啊，老兄！」

「我不在乎。」河鼠固執地說：「我不去；斷然不去。我要死守在我的老河邊，要生活在一個洞穴裡和小船上，事事照舊。此外，鼴鼠也會伴在我身邊，和我一致行動，對不對，鼴鼠？」

「那是一定的。」鼴鼠忠心耿耿地表示：「我會永遠和你在一起，你說怎樣——就是怎樣。儘管，呃，你知道——那聽起來好像很有趣！」他渴望地追加一句。可憐的鼴鼠！冒險生涯對他來說是那麼新奇的一樁事情，而且那麼刺激；而這新鮮的一面又是如此誘人；他剛一看見那部淡黃色的篷車和內部的小小設備就愛上它了。

河鼠看出他心中掠過的念頭，不禁動搖了。他討厭惹人失望，又很喜歡鼴鼠，為了滿足他的希望幾乎什麼都願意做。蛤蟆緊緊盯著他們倆。

「進來吃頓午餐吧；」他大施外交手腕：「大家再商量商量。我們不急著做任何決定。當然啦，我其實無所謂，只不過是想給兩位添點兒樂趣罷了。『為他人而活！』可是伴我一生的座右銘哦！」

午餐席間——這一頓理所當然，就像蛤蟆府中一貫的事事物物一樣，棒透啦——蛤蟆使盡渾身解數，不去理會河鼠，一個勁兒對初出茅廬的鼴鼠鼓動三寸不爛之舌。像他這麼一隻口若懸河，又一向受慣想像力支配的動物，自然會把旅途的風光、野外的生活和路旁的樂趣描述得五光十色、絢爛繽紛，讓鼴鼠激動得坐不住椅子。總之，很快地，他們三個似乎都認為這趟旅行當然是非去不可了；而河鼠心中雖然還半信半疑，卻也任由自己的好性情打敗個人的反對之意。他的兩位朋友已經一頭栽入種種計畫和藍圖中，正在策畫未來幾週中每天個別的活動，河鼠不忍心掃他們的興。

一切準備就緒後，眉飛色舞的蛤蟆領著他的兩名同伴來到牧圈，要他們捕捉老灰馬。由於蛤蟆不經商量就派他在這趟風塵僕僕的遠征中，擔任最易招來滿身塵沙的工作，老馬正萬分惱火。他顯然寧可選擇留在牧圈，所以，鼴鼠和河鼠費了不少工夫才抓到他。趁著這段時間，蛤蟆又搬來不少必需品把那些櫥櫃塞得更擠，又在篷車底下加掛許多飼料袋、乾草束、裝著洋蔥的網袋以及一些籃子。最後他們終於捉住灰馬，套上鞍轡出發了。大家七嘴八舌，各自憑自己一時興起，或跟在車旁徒步行走，或坐在車槓上。這是個黃金下午。他們踢起的塵土飄著肥沃而令人滿足的味道；鳥兒們在夾道的茂密果樹梢上對他們愉快地啼唱鳴囀；擦身而過的親切路人們向他們道聲：「日安！」或者停下來誇讚他們漂亮的大馬車；而坐在樹籬之間自家門口的兔子也紛紛舉起前爪，驚歎：「噢，天哪！噢，天哪！」

到了晚上，這又累又快樂，已經離家好幾哩的三隻動物將車停在一塊遠離人煙的偏僻公地上，解開灰馬放牠去吃草，自己坐在車旁的青草地上吃頓簡單的晚餐。在蛤蟆自吹自擂地大談未來幾天他要做什麼之間，四面八方的星星越來越大越繁密，一輪明月不知突然從哪裡悄悄跑出來和他們做伴，傾聽他們的交談。最後他們回到車裡的小臥鋪上。蛤蟆把腿踢出被子外，睡意濃濃地說：「喂，晚安了，兩位！這才是真正的紳士生活！閒話你的老河流去吧！」

「我不是閒話我的河流；」耐心的河鼠回答：「你知道我不是，蛤蟆。我是想著它，」他用低低的聲調，感懷地說明：「我想著它——隨時想著！」

鼴鼠從毯子底下伸出手爪，在黑暗之中摸到河鼠的爪子，緊緊握它一下。「只要你喜歡，我願意為你做任何事情，河鼠，」他輕聲說道：「我們要不要明天一早就溜掉？一大早——非常非常早——回到我們可愛的河上舊洞穴？」

「不，不，我們要貫徹到底。」河鼠也低聲回答：「萬分感謝；但直到這趟旅行結束前我都應該陪在蛤蟆身邊。扔下他一個對他來說不安全。不會很久的。他向來總是只有五分鐘熱度。晚安了！」

「結束」當真比河鼠意料中更快。

在吸過那麼多野外空氣，嚐過那麼多興奮之後，蛤蟆睡得非常熟，隔天早上再怎麼搖也搖不醒他來。於是鼴鼠和河鼠便轉而果斷地安靜做起事來。河鼠負責照料馬匹、生火、清洗昨晚的杯子和餐盤，做好吃早餐的所有準備。鼴鼠則走上大老遠的路，到最近的村子裡去買牛奶、雞蛋，還有——當然啦——蛤蟆忘了準備的各種必需品。辛苦的工作全部做完了，兩隻筋疲力盡的動物正在休息，這時蛤蟆神采奕奕地露了面，快活地評論著在歷經持家的操勞、疲憊、和憂慮後，眼前的生活是多麼輕鬆愜意呵！

當天他們愉快地漫遊草色青青的起伏山巒，沿著幽僻狹窄的小徑前進，然後像前一天晚上一樣在公地上紮營；只是這次兩位客人更加留意蛤蟆該做好他的份內之事。結果到了隔天早上要出發時，蛤蟆對於原始生活的簡單樸實就一點也不歡欣雀躍了。甚至在被從臥鋪中強拉起來時，還企圖繼續蒙頭大睡。他們像前兩天一樣經由小徑穿越鄉村，直到下午終於走上大路；這趟旅途中碰到的第一條大馬路。而天外飛來的橫禍，就在此際轟然撞上他們——對於他們的遠征來講，這場災禍的確非常嚴重，而其影響更險些斷送了蛤蟆的後半生。

當時他們正悠哉遊哉地沿著大馬路漫步。鼴鼠走在灰馬的頭邊陪他談天，因為牠一直在抱怨大夥兒根本忘了他的存在，一點也不體恤他；蛤蟆和河鼠走在篷車後交談——至少蛤蟆一直在說話，而河鼠也間或應上一句：「是啊，一點兒也沒錯；你又怎麼跟他說呢？」——腦袋裡卻淨想著些風馬牛不相及的事情。這時忽然聽到後方遙遙地傳來微弱的警報聲，就像遠處的一隻蜜蜂在嗡嗡鳴響。他倆回頭一望，只見一小片飛揚的塵沙之中夾帶一團黑黑的活力中心，以不可思議的速度朝他們疾奔而來，塵沙外傳出一陣微弱的「噗！噗！」聲，像是一隻痛楚的動物在難過地哀號。他們不以為意，扭過頭來恢復原來的交談。就在剎那間（感覺上），安詳的景象全變了，一股勁風加上一陣聲浪，促使他們往最近的水溝裡跳；那東西是直衝他們而來的！「噗！噗！」的嘹亮吼聲在耳朵裡響，他們瞥見閃閃發亮的平板玻璃內部和珍貴的摩洛哥山羊皮墊一眼；駕駛人緊張得抱住方向盤，坐在那氣派豪華、體積龐大、氣喘噗噗、恰似急驚風般的汽車裡，轉眼它便控制了整片土地和空氣，颳起漫天飛沙迷住他們的眼睛，裹住他們的身體，緊接著又馬上在遠方漸漸消失成一個黑點，變回嗡嗡鳴響的蜜蜂。

在一路沉重而遲緩地行走途中始終夢想著他那寧靜牧圈的老灰馬，處在這前所未見的新情況中索性放縱自己回歸激動的天性。懸蹄、疾衝、持續退著走——縱使鼴鼠在他的頭旁邊費盡九牛二虎之力、說盡種種安撫的言語，期望使他覺得好受些，他仍倒拖著馬車走向路邊深深的壕溝。車子猛搖一下——接著一陣令人心碎的嘩啦啦碰撞聲響——那淡黃色的篷車，伴著他們的驕傲和歡樂，一齊躺在深溝裡，成了難以補救的殘骸。

河鼠氣得在馬路上跳來跳去，發洩胸中的狂怒。「你們這些流氓！」他揮舞雙拳大吼大叫：

「惡棍！攔路大盜！魯——魯——魯——莽自私的司機！——我要控告你們！告發你們！要你們上遍所有的法庭！」他的思鄉病倏忽一掃而空。眼前的他成了這艘淡黃色船艦的艦長。船艦因對方船員橫衝直撞而擱淺，他正拼命回想過去都是用哪些尖銳鋒利的語言，去罵那些把汽艇開得太靠近河岸，害得他家地毯泡水的船主們。

蛤蟆直挺挺地坐在塵沙瀰漫的馬路中央，兩腿向前直伸，眼珠子死盯著汽車消失的方向。他呼吸急促，臉上帶著一抹靜謐滿足的表情，間或喃喃低哼一聲：「噗——噗！噗——噗！」

鼴鼠忙著安撫灰馬，花了一段時間總算讓他平靜下來，然後走上前查看側躺在壕溝裡的蓬車，這真是令人鼻酸的畫面！車身的壁板和車窗都被撞得稀爛，輪軸扭曲得根本沒法修理。一個車輪飛走了，沙丁魚罐散落滿地，籠子裡的小鳥哀哀啜泣，啼叫著要人放他出來。

河鼠過來幫忙，但是結合兩人之力，仍然不是以將車扶正。「嗨！蛤蟆！」他倆齊聲大喊：「過來幫個忙，行吧！」

蛤蟆沒有搭腔，坐在馬路上動都沒動一下，他倆於是走過去看看他究竟出了什麼事。他們發現他臉上掛著快樂的笑容，兩眼依然盯著肇事車輛行駛過後滾滾塵土的餘跡看，一臉恍恍惚惚的神情，偶而還會喃喃吐出一聲：「噗—噗！」

河鼠搖幌著他的肩膀，嚴厲逼問：「你到底來不來幫我們，蛤蟆？」

「輝煌壯麗！撼動人心！」蛤蟆呢噥囈語，絲毫沒有移動之意：「運動之詩！真正的旅行之道！唯一的旅行之道！今天在這裡——明天已到一星期後的里程外！掠過村莊，跳過市鎮——總是在不同一個人的領域！噢，樂呆了！噢，噗—噗！噢，天哪！噢，天哪！」

「噢，停止當個大傻瓜，蛤蟆！」鼴鼠死心地大叫。

「而我竟然從來不知道！」蛤蟆像在說著沒有音調起伏的夢話：「白白浪費了那麼多年，我從來不知道，甚至做夢都沒想到！可是現在——可是現在我知道了，我完全瞭解了！噢，從今以後，展開在我眼前的道路是多麼燦爛似錦！當我不顧一切地飛車衝過時，後方將揚起多麼壯觀的一片塵沙。在我偉大的進攻過後，又會有些什麼樣的馬車被隨隨便便掃入溝渠！討厭的小馬車——公共馬車——淡黃色的馬車！」

「我們拿他怎麼辦是好？」鼴鼠問河鼠。

「什麼都甭做；」河鼠果斷地表示：「因為事實上一點辦法也沒有。唉，鑑往知來，我對他太瞭解了。他現在已經著了魔，產生一股新的狂熱。每次他剛被什麼東西迷住時，總是那個樣子。接下來好幾天他都會繼續維持那樣，像隻走在快樂夢中的動物，對於所有實際的目標都提不起勁。別理他，咱們去看看該怎麼處理那部篷車。」

經過詳細檢查後，他倆發現就算他們能夠自行搬正篷車，也沒辦法再行駛了。車軸扭曲得根本無從修起，脫落的輪子更摔得四分五裂。

河鼠把韁繩收到灰馬背上打個結，走在他的頭旁邊一手牽著他，一手提著鳥籠，籠裡的小鳥正陷入歇斯底里。「來吧！」他對鼴鼠正色相告：「最近的城鎮距離此地有五、六英里，咱們得走路過去；越早出發對我們越好。」

「那蛤蟆怎麼辦呢？」出發之時，鼴鼠憂心忡忡地問：「我們不能丟下他一個，魂不守舍地獨自坐在大馬路中央！那不安全。萬一有別輛那東西開過來呢？」

「噢，煩死人的蛤蟆，」河鼠粗暴地說：「我跟他之間徹底完蛋啦！」

然而他們並沒有走多遠，便聽到後面劈劈啪啪的腳步聲追來。接著蛤蟆一手鉤進他們一人臂彎裡；呼吸依然急促，兩眼仍舊茫然瞪著前方。

「喂，聽著，蛤蟆，」河鼠厲聲吩咐：「等我們一走到鎮上，你必須馬上到警察局，去看看他們對那部汽車是否有任何瞭解？它的主人是誰？還有對它提出控訴。接著你得去找個鐵匠舖或輪匠舖，安排將篷車拖回來修理好。雖然得花點時間，不過車子還沒被撞壞到完全無法整修的程度。在這同時，鼴鼠和我會去找個客棧，訂幾個舒服的房間，好讓大家住到篷車修好，你緊張的神經也完全從震驚中恢復過來。」

「警察局？」蛤蟆喃喃囈語：「要我控告那紆尊降貴光臨我眼前的漂亮迷人、美妙絕倫之物！修理那篷車！不，我從此再也不要馬車了。我不想再看到那部篷車，也不要再聽到它的事。噢，河鼠！你不知道我有多感激你答應參加這趟旅行！沒有你我就不會出發了，那就恐怕永遠也見不著那——那天鵝、那陽光、那霹靂！聽不著那迷人的聲音，聞不著那醉人的味道！這一切都虧你們，我最好的朋友！」

河鼠失望地掉過頭去，隔著蛤蟆的頭告訴鼴鼠：「你看到啦？他已經無可救藥。這檔子事我不管了——等一到鎮上，咱們立刻去火車站，運氣好的話說不定能搭上一班讓我們今晚就可以趕回河岸的火車。今後包你不會再看到我陪這個惹人生氣的傢伙出門遊樂了！」——他冷哼一聲，沿路專只對鼴鼠一個發表高論，走完剩下的疲憊路程。

一到鎮上，他們馬上前往火車站，把蛤蟆安置在二等候車室，付兩便士給行李搬運工，請他盯牢蛤蟆。接著他們把馬交託在一家客棧的馬房裡，盡可能交待清楚如何處理篷車和車上的東西。

最後，一列慢車將他們載到離蛤蟆府不很遠的車站。鼴鼠和河鼠把癡癡迷迷、像在夢遊一樣的蛤蟆帶回他家大門，送入府中，指示他的管家填飽他的肚皮，替他更衣，帶他就寢，然後他倆到船庫取出自己的船，順流而下返回家中。等到他們坐在自己溫馨的河畔客廳用餐時，時間已經很晚了，不過河鼠卻是萬分愜意、歡喜。

隔天傍晚，晚起的鼴鼠在閒閒散散地度過大半個白天後，正坐在河岸上釣魚。這時已經去拜訪過許多朋友，與他們談天說地的河鼠輕快地沿路走來，看到了鼴鼠。「你聽說了嗎？」他說：「整個河岸，這是唯一的話題。蛤蟆，今天早上搭早班火車進城去了。他已經訂購一輛非常昂貴的大汽車。」

# 第三章•野樹林

鼴鼠渴望結識獾，已經渴望好久了。依據各方之言，他似乎是個重要的大人物。儘管難得露面，周遭眾人仍能感受到他無形的影響。但無論何時，只要鼴鼠一對河鼠提起他的希望，得到的總是拖延的藉口。「沒問題，」河鼠準是這樣回答：「獾遲早有一天會出現——他一向都會——到時我會替你們互相引見。最最棒的一個人了！可是，你得讓他認為你是碰巧見到他，而不是刻意在找他。」

「你不能邀他來這裡——吃個飯或什麼的嗎？」鼴鼠問。

「他不會來的。」河鼠坦白相告：「獾討厭交際，以及邀請、聚餐等等諸如此類的事情。」

「哦？那麼，假設我們去拜訪他呢？」

「噢，我深信他一點也不喜歡那樣。」河鼠驚慌地表示：「他非常害羞，那樣做一定會冒犯了他。就連我跟他這麼熟，都從來不敢自己跑到他家去當不速之客哩。況且，毫無疑問，我們辦不到。因為他所住的地方是在野樹林的最深處。」

「唔，就算是吧，」鼴鼠說：「可是，你告訴過我野樹林沒什麼問題啊！」

「噢，我知道，我知道，沒有錯，」河鼠含糊其詞地說：「不過，我想咱們不要現在去。現在還不行。畢竟路途遙遠，再說每年這個時節他都不在家，而且只要你靜下心來等，改天他一定會來的。」

鼴鼠只好以這個答案為滿足，然而獾卻始終沒有來。每個新的一天都帶來新的樂趣，直到夏季結束之後許久，他們常因天寒地凍、滿地泥濘而鎮日待在家中，飽漲的河水從他們的窗口外奔流而過，速度快得任什麼樣的船隻也無法航行，鼴鼠的思緒這才又不時繞著那隻獨居在野樹林深處某個洞穴裡，形單影隻度日的獾。

冬季裡河鼠很能睡，每天都是早睡晚起，而在他短短的白晝中，河鼠有時寫寫詩，有時做些瑣瑣碎碎的家務事。當然啦，家中不時會有些動物過來閒嗑牙，因此常常有人談起許多所見所聞，互相交換過去這個夏天的心得，敘述所有的活動。

當你回顧起這一切往事，該是多麼豐富的一章！一幅幅歷歷如繪的畫面，又是多麼多姿多采！河岸的戲劇一幕幕登場，配合四時更替的景色展。紫色珍珠菜早早來到，傍著如鏡的水色甩動濃密糾結的鬈髮，鏡中自己的容顏眉開眼笑相映照。不久之後柳蘭跟著來，溫柔愁悶，恰似一朵粉紅的晚霞。依序而至的紫草，紫、白攜手爬上舞臺取代她角色。最後，某天早晨，含羞帶怯、姍姍來遲的野薔薇，踩著優雅的步伐登場。於是，就像絃樂團由演奏莊嚴樂章轉為法國農民的嘉禾舞曲，人們知道六月終於降臨了。團隊之中還有一名成員在等待；那是山林仙女們追求的牧童，名門淑媛倚窗等候的騎士，將要吻醒沉睡的夏季好與之相戀相戀的王子。但一旦溫文和悅、香氣飄飄的蔴葉繡球（亦名笑靨花、珍珠花）身著虎珀色背心，風度翩翩地來到群體間就位，好戲便準備開鑼啦。

那曾是多麼精采的一齣戲啊！當外面的風雨拍打著家門，窩在自己洞穴中打瞌睡的動物們不免憶起一個個印象依然鮮明深刻的早晨。晨曦初現的一小時以前，白茫茫的霧氣尚未散去，緊緊依附著水面。緊接而來的是大清早戲水的嬉鬧，河岸上的跳躍奔跑，還有土地、空氣、與水面光熱四射的變化。這時，太陽忽然又與他們同在，灰暗轉為金黃，色彩再度從大地誕生、蹦跳出來。他們憶起炎熱的中午，在綠色灌木叢深處倦怠的午睡；陽光穿透葉縫，灑下小小的金色光束與斑點。午後的划船和游泳，沿著滿是灰塵的阡陌、穿過黃色玉米田的漫步。最後是漫長而涼爽的傍晚，大夥兒綜合了那麼多各人的事情，增進了那麼多友誼，又為明天做了那麼多冒險計畫。冬天時，動物們圍在火爐邊，短短的白天裡有數不盡的話題可談；只是，鼴鼠還是有很多空閒時間。因此，當有天下午河鼠坐在火光前的搖椅上，一會兒打盹，一會兒再三試押一些不協韻的押韻字，鼴鼠便下定決心獨自出門到野樹林去探險，說不定能夠因此結識獾先生呢！

他悄悄出了溫暖的客廳來到戶外。外頭是個寒冷寂靜的下午。頭頂上的天色灰藍如鋼鐵，周遭到處光禿禿，連片樹葉也沒有。他覺得自己從沒有像這一個冬日裡那樣看得又遠，又那麼真切地看透事物的內部。這是大自然女神一年一度深深熟睡的時節，彷彿把她身上披蓋的東西全都踢掉了。過去在枝葉繁茂的夏季裡被視為秘密寶庫的矮樹叢小峽谷、石頭坑和種種隱秘處，如今可憐兮兮地把自己和自己的秘密全部暴露出來，彷彿在邀請他，趁著它們不能像從前那樣沉溺於奢華的化裝舞會中，以古老的騙術誘惑、戲弄他時，仔細看看它們的寒磣破落相。從某個角度說來真是怪可憐的，不過卻也挺叫人快活——甚至於興奮。幸好他喜歡踏踏實實、不經修飾，脫去華麗外衣的村郊。他認認真真端詳過它赤裸的骨幹；它們結實、美好、而單純。他不想要保暖的苜蓿和撒播青草的遊戲；樹籬圍成的綠帳、榆樹與山毛櫸交織成那如波濤洶湧般的垂簾，看來最好全撤開。他興高采烈地朝野樹林推進；而它，就像某片平波如鏡的南方海洋中，一塊墨黑的暗礁，低低矮矮，險惡地橫陳在他的前方。

剛進樹林時，沒有什麼東西讓他驚慌害怕。細樹枝在他的腳下卡擦卡擦響，斷木絆著他，根株上冒出的蕈類像是在做什麼滑稽的模倣，由於肖似某種遙遠而熟悉的事物，當下叫他大吃一驚；不過這一切都是那麼好玩，真令人大感興奮；他順勢走下去，深入光線昏暗、樹枝越垂越近的地方，兩旁的洞穴個個對他張開醜陋的嘴巴。

這時周遭闃寂無聲，幽暗之色不斷從他的前後方快速圍攏，而光明卻如洪水般，眼看著就要完全退盡。

緊接著，一張張臉龐開始出現。

最初，他是在扭頭時候，覺得隱隱約約看到一張臉；一張邪惡的三角臉，從某個洞口探出來打量他。就在他猛回頭和它打了個照面時，那東西立即消失了。

鼴鼠加快腳步，輕快地暗暗叮嚀自己可別因此瞎疑心，否則就會胡思亂想個沒完。他經過下一個洞口，再一個，又一個；接下去──沒錯！──不！──沒錯！確實有張瘦削的小臉，瞪著兩顆冷冷的眼珠子，在某個洞口一閃而逝。他躊躇了一下──努力鼓起勇氣，大步向前。突然間，遠遠近近數百個洞口，每個洞口都像擁有各自的一張臉，彷彿向來都是如此般，匆匆冒出又隱沒。它們全都帶著惡毒、敵意的眼光瞥向他：全部都是眼神冷厲、邪惡、而機警。

他心中想著，只要自己能夠逃離夾道的洞穴，就不會再看到任何一張臉了。於是他猛地衝離小徑，投入林中杳無人煙的地區。

隨後，口哨聲音響起。

剛剛聽到時，聲音在他身後很遠的地方，非常微弱而刺耳，但卻令他莫名其妙地急向前奔。接著，依舊微弱、刺耳的哨音自遙遙的前方傳來，他猶豫一下，想要轉身往回跑。就在這徬徨遲疑中，口哨聲分自前後兩頭傳出，彷彿整片林子由入口一直到盡頭，都在此起彼應般。不管他們是何方神聖，顯然全都士氣昂揚、戒備森嚴、隨時打算伺機而動！而他——他卻是獨自一個，手無寸鐵，沒處搬救兵；何況夜色又漸漸籠罩了。

然後，啪達啪達的響聲傳來。

那聲音是如此微小、輕柔，一開始他以為不過是落葉墜地聲。漸漸地，他聽出它很有規律，曉得這絕對是小腳「啪！啪！」的踩踏聲，距離還非常遙遠。是在前方或者後方呢？聽起來像是在前方，再不然，就是前後都有。聲音越來越響，越多組。他一下子朝這邊拉長脖子，一下子朝那邊豎直耳朵，焦急地四面八方聽著，整個人彷彿快被那聲音包圍了。他靜靜站著側耳細聽，一隻兔子穿過樹林朝他疾奔而來。他站在那裡等著，料想對方該會放慢腳步，或者轉個彎避開他，折入另一條路線。結果卻不然。那傢伙箭步衝過，幾乎將鼴鼠掃倒，板著一張兇巴巴的臉，瞪著他大叫：「閃開，你這笨瓜，閃開！」鼴鼠聽見他咕咕噥噥地繞著一個樹樁兜圈子，隨即消失在其間的一個地洞中。

啪答啪答的聲音越來越大，最後就像一陣突如其來的冰雹打在舖滿周的乾樹葉上一樣。整座樹林彷彿都在奔跑；拼命地奔跑；在狩獵、追逐、包圍某樣東西或者——某個人？在恐慌中，他也跟著漫無目的地亂跑起來，根本不曉得究竟要跑到哪裡去。他一路跑，一路碰撞東西，倒在東

西上和東西裡，從東西底下衝過去，閃過某些東西。最後，他躲進一株老山毛櫸又深又暗的樹洞裡。這個洞又可遮蔽，又可藏身——也許甚至很安全；不過誰又曉得呢？反正，他已經累得再也跑不動半步，只能蜷伏在被吹進洞內的枯樹葉中，期盼自己暫時平安無事。他喘著氣、打著抖趴在洞裡，聽著外頭的呼嘯和腳步聲，終於徹底瞭解了，這就是那個讓田野和樹叢裡其他的小居民們一碰見就覺得撞上最黑暗時刻的可怕東西——河鼠一心防範卻還是教他碰上的東西——統治野樹林的恐怖！

這段期間，河鼠舒舒服服在他的

火爐邊，溫暖地打著盹。他那未完成詩稿從膝頭滑落；仰著頭，張著嘴巴，在夢中河流的綠堤上漫步。突然，一段木炭鬆落了，火爐裡嗶嗶剝剝地竄出火舌，睡夢中的河鼠一驚而醒。他想起原先進行的工作，彎腰撿起地板上的詩稿專心唸了唸，然後東張西望地找尋鼴鼠，想請教他是否知道什麼適合某些日子的押韻字。

可是不見鼴鼠蹤影。

他屏著氣聽了一陣子，整座屋裡靜悄悄。

接著他連喊幾聲：「鼴鼠！」卻得不到半句回應，於是站起來走到玄關。

鼴鼠的帽子不在平常掛著的木釘上，一向擺在傘架旁的長統套鞋也不見了。

河鼠出了房屋，仔細檢查外面泥濘的地表，盼望找到鼴鼠的足印。有了；錯不了的！套鞋是為了過冬才買的，還很新，鞋底一粒一粒凸起的顆粒又新又明顯。他在泥地中看出它們留下的痕跡，鎖定目標，筆直通往野樹木。

河鼠神色凝重，站在那裡沈思了一兩分鐘。然後折返屋內，在腰間束起一條皮帶，插上一對手槍，拿著豎立在玄關旁的短棍，邁動敏捷的步伐往野樹林的方向走。

當他來到第一排大樹邊緣時，暮色已漸漸降臨了。他毫不遲疑地奔入樹林，焦急地左顧右盼，尋找他的朋友可能留下的任何痕跡。四處都有邪惡的小臉從洞口冒出來，但一見這勇猛的動物，和他的手槍、握在手中的醜惡棍棒，馬上又把頭給縮得不見蹤影，剛進入樹林時所清楚聽到的呼嘯和腳步聲，也漸漸遠離、停息了，整片林子靜得沒一絲聲響。他果敢地勇往直前，走向樹林最遠的一頭；接著，他捨棄所有小徑，動身橫越整片林地，嘴裡不時士氣高昂地呼喚著：「鼴鼠、鼴鼠、鼴鼠！你在哪裡啊？是我——是我河鼠！」

他耐心地在林子裡尋覓一個多鐘頭，終於聽見一聲小小的喊叫聲回應。河鼠高興地循著聲音傳來的方向走，在越來越暗的天光中走近一株老山毛櫸樹腳下。這棵樹幹上面有個洞，洞裡傳出一句軟弱的聲音，說：「河鼠！真的是你嗎？」

河鼠爬進樹洞，看到精疲力盡，還在哆哆嗦嗦的鼴鼠。「噢，河鼠！」他嚷著：「你一定想不到，我真是嚇死了！」

「噢，我完全了解，」河鼠寬慰他：「你真的不該跑到這裡來的，鼴鼠。我盡了全力防止你這麼做。我們河岸上的居民從來不會自己跑到這裡來。就算非來不可，也至少要兩個人結伴；這樣才不會有問題。再說，要瞭解的東西還有千百樣呢；這些我們都已清楚，而你卻還不懂。我指的是口令、信號、具有效力和分量的語句，以及你口袋裡攜帶的植物、嘴裡複誦的詩句、演練的把戲和詭計。只要你懂得這些，一切就簡單了。但既然你是隻小動物就非得要懂，否則一定會惹上麻煩。當然，假使你是獾或水獺的話，那又另當別論了。」

「勇敢的蛤蟆先生必定不在乎一個人來嘍，對嗎？」鼴鼠詢問。

「蛤蟆老弟啊？」河鼠縱情大笑：「就算給他一整帽子金幣，他也不會單獨在這裡露面；蛤蟆不會的。」

鼴鼠聽到的河鼠鑾不在乎笑聲，又看到他的棍棒和閃閃發亮的手槍，精神都來了，不再猛打哆嗦，開始壯起膽子，恢復鎮定。

「好啦，」河鼠隨即說道：「趁現在天色還有點兒亮，咱們真的得一塊兒動身回家了。你知道，在這裡過夜萬萬使不得。別的不提，單是氣溫太低這一點就夠瞧的嘍！」

「親愛的河鼠，」可憐的鼴鼠說：「我抱歉極了！只是我現在真的累得要命，這是鐵的事實。你務必讓我在這裡多休息一下好恢復體力，不然準走不到家。」

「噢，沒問題，」好脾氣的河鼠說：「休息吧。橫豎都快黑得伸手不見五指了，過一會兒，應該會有點月光才對。」

於是鼴鼠把整個身體鑽進枯樹葉裡，伸展四肢，馬上就睡著了。只是睡得斷斷續續，不太安穩、河鼠也盡量用枯葉把身體蓋好保暖，一手抓著槍，耐心地躺在一旁等候。

好不容易等到鼴鼠終於神清氣爽地醒來，恢復平時的精神。河鼠說：「好啦！我來看看外頭是否一切平靜，然後我們就真的非走不可了。」

他跑到洞口，把頭伸出去。接著鼴鼠便聽到他悄聲自言自語：「喂！喂！這下棘手啦！」

「怎麼回事，河鼠老兄？」鼴鼠問。

「雪上來啦！」河鼠簡短地回答：「或者該說——下來啦。雪下得好大。」

鼴鼠走上前來，趴在他身邊往外望，看見早初讓他嚇破了膽的樹林變成另一幅景觀。地洞、洞樹、水塘、陷阱，以及其他對遠足者兇惡的威脅，都在急速消失中。四處湧現一張閃亮的仙境地毯，看起來顯得那麼精美高雅、教人不敢用粗魯的雙腳去踐踏。細如粉末的雪花漫天飛舞，輕輕拍得臉頰一陣刺痛。看似從地下發出的亮光，映照出一株株黑壓壓的樹幹。

「唉，唉，沒法可想啦，」河鼠思忖了一陣說：「看來咱們恐怕非得出去碰碰運氣嘍。最糟糕的一點是，我不確定我們身在哪裡。而今這場雪又叫所有的東西全變了個樣。」

他說的沒錯。換成鼴鼠，鐵定認不出這是原來那座樹林。不過，他們還是勇敢地踏上看來最有希望的路線出發了。沿途互相扶持，帶著無比的士氣，每碰到一棵安靜而嚴酷地迎接他們的樹都裝作認出一位舊識，或者假裝在千篇一律的雪白大地和毫無變化的樹幹間，所看到的開口、歧路、小徑都有個熟悉的轉彎。

約莫一、二個小時後——他們已經完全失去時間感——他們停下腳步，又疲憊、又沮喪、又茫然不知所措地坐在一段傾倒的樹幹上喘口氣，考慮接下來該怎麼辦。他們累得筋骨酸疼，跌得到處瘀血；他們曾經掉入好幾個洞裡，又搞得全身都溼透；地上的雪積得非常深，他們幾乎無法拖著小小的短腿走動，而樹又越長越密，越來越相似。樹林似乎永無盡頭，也沒有開端，林內處處全是一個樣，最糟的是：沒有路可以走出來。

「我們不能在這裡坐太久，」河鼠開口：「一定要再走上一程，採取點兒什麼行動才行。天冷得什麼事都不能做，很快的雪就會深得任咱們怎麼費力都過不去了。」他四下張望，考慮一番，又說：「喂，我想到一個主意。前面那邊有個小峽谷，附近的地勢好像都是這裡凸一塊、那裡隆一堆的，有好多小丘。咱們這就到那邊去，設法找個底面乾爽、風雪打不到的山窟或地洞避一避，在那裡好好休息個夠再來想辦法，因為咱們倆都已著實累垮了。再說，也許雪會停，或者會有什麼轉機也說不定。」

於是，他倆再度起步，奮力走到小山谷，四下尋覓能夠遮擋刺骨寒風和旋舞冰雪的乾爽洞穴或凹角。就在他倆忙著研究一個河鼠提到過的小圓丘時，鼴鼠突然絆了一跤，吱吱尖叫一聲向前仆倒。

「哎呀，我的腿，」他大叫：「噢，我可憐的小腿！」隨即翻身坐在雪地上，用他的兩隻前爪搓揉他的腿。

「可憐的鼴鼠！」河鼠親切地說：「你今天好像運氣不太好，對吧？咱們仔細瞧瞧你的腿。

不錯，」他蹲下來察看一番，說道：「你的確割破了小腿肉。等一會兒，我先找出手帕，再幫你包紮起來。」

「我一定是絆到什麼看不見的樹枝或樹樁了。」鼴鼠難受地嚷著：「噢，天啊！噢，天啊！」

「傷口劃得非常清晰，」鼴鼠用心仔細檢查，說明：「絕對不是被樹枝或樹樁擦破的。看起來倒像被某種金屬物品的利邊給割傷的。好古怪！」他沉思半晌，接著細心查周圍每個土堆和斜坡。

「算了，甭管是什麼割的啦？」鼴鼠疼得話都說不通順：「什麼割的，一樣痛。」

但河鼠在用自己的手帕小心裹好那隻傷腿後便拋下鼴鼠，忙著在雪地裡又抓又刨。他四足並用，勤奮地邊刨邊鏟邊探看，而鼴鼠則不耐煩地在一旁等著，偶而發出一句：「歐，省省吧，河鼠！」

突然間，河鼠大叫一聲：「萬歲！」接著又是一連串：「萬歲——萬——歲——萬——萬——萬——歲！」然後在雪地中跳起一支輕盈的捷格舞。

「你究竟發現了什麼，河鼠？」鼴鼠嘴裡問著，仍在搓揉他的腿。

「過來看啊！」開心的河鼠邊跳邊說。

鼴鼠一拐一拐地走過來瞧個仔細。「嗯，」最後，他慢吞吞地表示：「我看得很清楚。這東西以前也見過；見過好多次。依我看是個熟悉的物品——門口刮泥板！喂，那又怎樣？何必繞著一塊門口刮泥板大跳捷格舞？」

「但你難道看不出這其中的含義嗎，你——你這腦筋遲鈍的傢伙？」河鼠不耐煩地吼著。

「我當然看得出其中的含義。」鼴鼠回答：「這純粹表示有個非常粗心健忘的人把他的刮門板遺留在野樹林中央——正好在一定會絆到每一個人的地方。照我看，這人真不會替別人著想。等我回到家去，自然會——會找個什麼人告狀去，你等著瞧好了！」

「噢，天哪！天哪！」河鼠對他的愚鈍灰心透了，大叫著說：「夠了，夠了，別再鬥嘴啦，快過來把門口刮乾淨吧！」說著動手工作，把積雪刮得四散亂飛。

經過一番辛苦勞動後，他的努力得到回報，眼前露出一塊破破舊舊的門墊。

「瞧，我跟你說過什麼來著？」河鼠神氣萬分地嚷著。

「什麼也沒有。」鼴鼠滿懷信心地回答。「喏，」他接著又說：「看來這會兒你又防發現另一樣毀壞丟棄的家庭雜物了，我想你大概高興死了吧。要是你非要繞著它大跳捷格舞，最好快快跳完，然後把這件事丟到腦後，這樣我們也許可以別再在這些垃圾堆上浪費任何時間，繼續趕路。難不成我們可以吃掉門墊？或者蓋門墊睡覺？還是坐在門墊上，當它是雪橇一樣滑雪回家，你這惱人的鼠輩？」

「你——的——意——思——是，」河鼠激動得大叫：「這塊門墊沒有告訴你任何訊息？」

「說真的，河鼠，」鼴鼠極其暴躁地說：「我想我們玩夠這蠢遊戲了。天底下有誰聽說過門墊會告訴人任何訊息？哪有這種事？根本不可能。門墊守本份得很。」

「喂，給我聽著，你——你這滿腦子豆腐渣的東西，」河鼠真的火大了：「住嘴！一個字都不許再說了！只管刮——要是你希望今晚睡得溫暖乾爽的話，就快到處刮一刮、刨一刨、挖一挖，仔細地找找，尤其是由圓土堆的四周，因為那是我們僅剩的機會了！」

河鼠生龍活虎地攻向他們身旁的一堵雪堆，拿著他的短棍四處戳，然後拼命地挖掘。鼴鼠也勤奮地刮除積雪，不為別的，只為滿足河鼠的要求。因為依他之見，他的朋友簡直就要神志不清了。

大約經過十分鐘的賣力工作後，河鼠的短棍頂到某個聽起來像是中空的東西。他繼續邊戳邊挖，直到能夠伸進一隻爪子往裡摸，這才把河鼠叫過來幫忙。他倆辛辛苦苦地忙了好一會兒。終於，奮力工作的成果一覽無疑地呈現在始終滿肚子懷疑的鼴鼠面前，大大出乎他的意料之外。

原先看似一個雪堆的圓丘一側，現出一扇看起來相當堅固的小門，漆成黑綠色。門旁垂著一段門鈴的鐵拉索，拉索下方的小銅牌上面，整整齊齊地鐫著幾個方正的大寫字母，借著月光，他倆看出那幾個字是：「**獾先生**」

鼴鼠在驚喜交集中仰倒在雪地上。「河鼠！」他懺悔地喊著：「你真了不起！你，是個真正了不起的人物。現在我全明白啦！打從我跌倒割破腿肉的那一刻起，你那睿智的腦袋就一步步辨明真相。你看著我的傷口，知識豐富的腦子開始飛快打轉：『是刮門板！』於是你開始積極找出那塊刮傷我的東西！然後你就此罷手了嗎？不。有些人到此就會心滿意足了，但是你不同。你繼續發揮智慧。『只要讓我找到一塊門墊，』你暗暗認定：『就快證實我的推斷了！』當然，你果真找到你的門墊。你的腦筋太好了，我相信只要你想，任何東西都能找得到。『成啦，』這回你心底說：『就像我親眼目睹的一樣清楚明白，門戶確實存在。現在唯一要做的，就是把它找出來！』嗯，這種事情我在書上看過，卻從不曾在現實生活中碰到過。你應該去能夠受到適當賞識的地方。處在我們這些人之間，真是白白浪費你的才華。要是我有你的腦筋該多好啊，河鼠——」

「不過既然你沒有，」河鼠毫不客氣地打斷他的話：「我猜想你大概打算徹夜坐在雪地上淨說個不停吧？快起來拉拉你看到的那條門鈴拉索。我來擂門，你可得卯足力氣去拉鈴！」

河鼠掄起棍棒使勁兒打門，鼴鼠也一躍而上扯緊拉鈴索，兩腳離地掛在半空中。遠遠的距離外，隱約傳來一聲低沉的鈴聲相回應。

# 第四章・獾先生

他倆在雪地上跺著雙腳保暖，耐心地等候了彷彿好長的一段時間，最後終於聽到門內一陣拖拖拉拉的腳步聲慢吞吞地接近。正如鼴鼠告訴河鼠的，感覺上像是有人穿了雙呎吋過大、又已經磨得見底的毛氈室內拖鞋在走路。鼴鼠的智慧就在這裡；他形容得分毫不差。

緊接著，聽到了拔出門閂的響動，洞門開了幾吋，足夠露出一隻長鼻子，以及一雙睏得快要睜不開的眼睛。

「喂，下一次再有這種情形發生，」一個粗暴多疑的聲音說：「我一定狠狠地發脾氣。這一次又是誰在三更半夜擾人清夢？快說！」

「噢，獾，」河鼠高喊：「拜託放我們進去。是我，河鼠，還有我的朋友鼴鼠，我們在風雪中迷路了。」

「啥！是河鼠，我親愛的小傢伙！」獾一改原先口氣，叫著：「快進來，兩位，快。喲，你們想必累死了。幸好我不曾遇上這種事，在雪地裡迷路，又是在野樹林內；況且還是這種夜間時刻。不過，唉，進來再說吧。」

兩隻小動物跌跌撞撞，爭先恐後地擠入洞內，安心快活地聽著門在他們背後砰然關閉。

穿著長睡袍的獾腳下趿的拖鞋確實十分破舊。他手捧一座淺燭檯；或許在聽到他們的打門、拉鈴聲之際，正是他要回床就寢的途中吧。他親切地低頭看著他們倆，拍拍他們的腦袋，慈藹地說：「這種夜晚最不適合小動物外出。河鼠，怕是你又搗蛋嘍。不過，來吧，到廚房裡來。那裡有最暖的爐火，最棒的晚餐……該有的都有。」

他掌著燭檯，拖著腳步帶路。兩名客人推推挨挨地爭先追隨其後，通過一條陰陰暗暗，坦白說已經老舊不堪的走道，進入一座類似中央大廳的地方。在這裡，他們可以隱約看見另一些宛如地道般向外延伸的走道分支。這些長長的支道帶著神祕的氣息，看不透盡頭在哪裡。然而大廳這邊也有幾扇門——外觀相當舒適的堅固橡木門。獾推開其中一扇。不一會兒工夫，他們便置身於爐火熊熊、光焰通明的廚房裡。

地板的紅磚早已被踩得磨平了，大型的壁爐裡燒著木頭，兩頭精緻迷人的爐角嵌入牆中，絲毫不用擔心通風的問題。一對高背長木椅面對面分立於壁爐兩旁，提供談天交誼更便利的座位。廚房正中央擺了張長桌，樸素的桌面擱在腳架上，四邊各自放著長板凳。長桌的一頭有把向後拉開的搖椅，前方留有獾簡單而又豐富的晚餐剩菜。廚房的另一端，排排潔淨無瑕的盤子在碗櫥架

上閃閃發亮，頭頂上的屋椽掛著幾條火腿、數綑草藥、一網袋一網袋的洋蔥，還有許多籃雞蛋。感覺上，它像個適合高奏凱歌的英雄們暢快宴飲的地方，也可以容納十幾二十來個疲憊的收割人排排坐在桌旁，讓他們的豐收之家浸潤在歡笑和歌聲裡，更能夠提供三、兩個口味簡單的朋友隨意閒坐，舒舒服服、心滿意足地品嚐、抽煙、或談天。滿面紅光的磚地仰頭對著燻黑的天花板微笑；經過長年久坐磨得發亮的橡木高背椅，彼此交換快活的眼神；碗櫥裡的盤子朝架子上的鍋子咧嘴嘻笑；跳跳躍躍的火光搖曳閃爍，無分彼此地照亮所有的東西。

好心的獾把他倆推到一把高背長木椅上烤火烘乾身體，吩咐他倆脫掉溼嗒嗒的外套和靴子，然後替他們取來睡袍和拖鞋，親自用溫水洗滌鼴鼠的小腿，以絆創膏護理傷口，直到一切就算沒有比原來更好，至少也恢復如初。在環繞的光明與溫暖中，他倆終於乾爽暖和起來。酸麻的腿伸在身前，桌子後面響著惹人聯想的餐盤清脆碰撞聲。兩隻被風雪苦苦逼迫的小動物，這會兒彷彿進了安全的港灣。剛剛被遺棄在外孤寒樹林子，似乎已然相隔十萬八千里。林中遭受的際遇，也成了一場幾乎忘記的夢。

好不容易他們總算徹底烤暖了全身，獾立即把他倆喚到餐桌旁，享用他忙忙碌碌備好的餐飲。他倆原本早就餓昏了，可是一旦真正看到鋪排在眼前的晚餐，卻又為了不知該先享用哪一道菜而為難。它們看起來全都那麼惹人垂涎，先吃某一樣，另一樣是否願意等到他們有空才加以垂青呢？一時之間他們根本無暇交談，等到慢慢恢復談話了，卻又美中不足地因為塞著滿嘴食物而講得伊伊唔唔。獾一點也不介意這種事，也沒理會他們把手肘支在桌上，或者兩人同時開口嘰哩呱啦。由於他自己從不參與社交圈，對於這種事情是否真正值得大驚小怪完全不知情。（我們當然知道他錯了，見識也太短淺；因為那當然是很要緊的規矩，只是解釋原因還得花上一大堆工夫哩。）他坐在餐桌首席的搖椅上聽著兩隻小動物敘述他們的故事，間或莊重地點點頭回應。他似乎不會為任何事感到意外或震驚，也從不聲言：「我老早告訴過你了；」或「我一向就是這麼說的；」更不會批評他們應該做這個，不該做那個。鼴鼠開始對他大有好感。

晚餐終於真正結束，兩隻小動物都覺得肚皮撐得鼓鼓的，而且很安心，用不著為任何事或任何人而提心吊膽，主客三個圍坐在大壁爐熾熱的木燼周圍，想著能夠熬夜到這麼晚、這麼酒足飯飽、無拘無束，是多麼開懷的事情。在大家天南地北地閒聊一陣後，獾熱誠地提出：「趕快！告訴我們一些你們那片天地的消息。蛤蟆老弟近況如何？」

「噢，越來越糟糕了。」河鼠凝重地表示。大剌剌坐在長椅上享受溫暖火光的鼴鼠也四足高舉過頭，試圖流露一臉痛心的表情。「上週才又撞過一次車，而且撞得很嚴重。努，他老是堅持親自開車，偏偏又完全無法勝任。要是他肯僱隻穩重正派、訓練有素的動物，付給他優厚的薪水，把所有事情交給他去辦，那麼一切自然不成問題。偏偏他不要，他深信自己是天生的司機，誰也教導不了他什麼，於是種種問題自然層出不窮了。」

「他到底有過多少次？」獾悶悶不樂地問。

「是撞車？還是車子？」河鼠問。「唔，算了，反正碰上蛤蟆——數目都一樣。這是第七輛了。至於前面那些——你曉得他那座車庫吧？喏，早已層層堆積——一路堆到屋頂——全是不比你帽子大的汽車碎片殘骸！總共是六部——若是能夠計數的話。」

「他已經進過三次醫院，」鼴鼠插嘴：「至於必需繳交的罰金，光是想到就嚇死人！」

「不錯，那也是一部分的困擾。」河鼠接著往下說：「蛤蟆很有錢，這點我們大家都知道；但他並非百萬富翁。加上他是個拙劣透頂的司機，又完全漠視法律和秩序；送命或破產——兩樣他遲早會碰上一樣。獾！我們是他的朋友——難道不該採取點兒什麼行動嗎？」

獾絞盡腦汁想了想，終於粗聲粗氣地開口了：「喂，聽著！你們當然知道，目前我什麼也沒辦法做！」

兩位朋友默默同意，完全了解他的觀點。根據動物界的規律，在這不是時節的冬季裡，根本別想指望任何一隻動物去從事什麼英勇豪邁、全力以赴，甚至只是溫溫和和、普普通通的活動。大夥兒全都昏昏欲睡——有的當真睡熟了。每隻動物或多或少都受到氣候的限制，都在休息中度過艱辛的日日夜夜；這段期間內，他們身上的每塊肌肉都受到嚴格的考驗，每一分精力都維持極度緊繃。

「很好！」獾接著聲稱：「但，一旦換上新的年頭，夜晚縮短了，不到天亮人就醒來，心浮氣躁地盼著天一亮——甚至天沒亮——就起來做點什麼——你們知道！——」

兩隻動物鄭重其事地點點頭。他們知道——

「唔，到時候，」獾繼續往下說：「我們——就是你、我、和我們這位朋友鼴鼠——我們要認真管管蛤蟆，不許他做一點糊塗事。我們要讓他恢復理智。必要時，就算使用武力也在所不惜。我們要令他成為一隻有理性的蛤蟆。我們要——你睡著了，河鼠！」

「我沒有！」河鼠猛一挺身醒來。

「從吃晚餐到現在，他已經睡著兩、三次啦！」鼴鼠哈哈大笑。他覺得自己本身相當清醒，甚至精神振奮，只是不明白原因何在。這自然是因為他天生就是地底下的動物，又在地下成長，獾的家園正符合他的天性，讓他感到輕鬆自在；而河鼠習慣每晚睡在窗戶正對涼風習習的河流而敞開的寢室，自然覺得周遭空氣凝滯而有壓迫感。

「哦，這會兒大家都該上床。」獾說著，起身端起淺平燭檯。「來吧，兩位，我帶你們到各自的寢處。明早用不著拘束——隨你們高興什麼時間吃早餐都行！」

他領著兩隻小動物到一個看上去像是半寢室、半是貯藏室的房間。獾積屯過頭的東西隨處可

見，占去半個房間——一堆堆的蘋果、蕪菁、還有馬鈴薯，滿滿好幾藍的堅果，以及一罐罐蜂蜜；但架設在其餘地板上的兩張小床看起來是那麼柔軟又討人喜歡，床上鋪的床單布料雖然粗糙卻很潔淨，聞起來有股芬芳的薰衣草香；鼴鼠和河鼠不到三十秒中便脫掉身上的衣服，高高興興、心滿意足地鑽進被窩裡。

這兩隻小動物依照好心的獾指示，隔天早上睡到很晚才下來吃早餐，發現廚房裡生著熊熊的火，兩隻小刺蝟坐在桌旁的一條長板凳上，吃著木缽裡的麥片粥。看到他進來，刺蝟放下他們的湯匙站起來，恭恭敬敬地鞠個躬。

「喂，坐啊，坐啊，」河鼠愉快地招呼：「繼續吃你們的麥片粥。你們兩個小伙子打哪兒來的？我猜，大概是在雪地裡迷了路吧？」

「是的，先生，」兩隻小刺蝟中較大的那個很有禮貌地說：「我和這位小比利兩個想覓路上學——即使天氣這麼壞，媽媽也要我們去上課——我們自然迷路了，先生。比利年幼又膽小，嚇得大哭起來。好不容易我們終於誤打誤撞地碰到獾先生家的後門，於是放大膽子敲了門。因為眾所周知，獾先生是位好心的紳士——」

「我瞭解。」河鼠邊說邊從一塊燻肉邊邊替自己切下幾片薄片，鼴鼠也打了幾個蛋在一只煎鍋裡。「呃，外面天氣究竟如何？還有，你用不著著頻頻稱呼我『先生』。」

「噢，壞透了，先生，雪深得嚇倒人。」刺蝟回答：「像們這樣的紳士們今天可別出門。」

「獾先生哪裡去了？」鼴鼠拿著咖啡壺到壁爐前熱咖啡。

「主人進他的書房去了，先生。」刺蝟答道：「他說他今天早上將會特別忙碌，不願受到任何打擾。」

在場的每一份子自然都明瞭這個解釋。實際情況正如前面所說，當一個人在一年之中過了六個月活動緊湊的生活，另外六個月相形之下（或者實際上）便顯得很貪睡。而在這嗜睡的六個月裡，若是有人來了或有什麼事待做，你也不能老是拿睡覺當做推託之詞。這個藉口太過公式化了。幾隻小動物都心知肚明，獾一定是痛痛快快地吃飽了早餐，退到書房，蹺起二郎腿安坐搖椅上，臉上蓋著一方紅棉布手巾，像每年這個時節一樣地「忙碌」著。

前門門鈴噹噹大作，被奶油土司沾了滿嘴油的河鼠派遣鼴鼠和小小刺蝟此利前去看看來者何人。玄關處響著一大片重重的腳步聲，比利旋即領著水獺進門。水獺撲上前來擁抱河鼠，熱情地高聲打招呼。

「快放手！」河鼠滿嘴食物，四散噴濺。

「我心想應當能在這兒安然無恙地找到你們。」水獺開心地說：「今天早上我到河岸邊時，他們全慌成一團。河鼠徹夜未歸——鼴鼠也一樣——他們說，一定是出了什麼可怕的事；而，當然啦，白雪又掩埋了你們所有的腳印。但我知道，人們一陷入困境通常會去找獾，不然就是獾不知怎的得知那件事，所以我馬上冒著風雪穿過野樹林到這裡來！天！在紅日初昇，投射在黑壓壓的樹幹時走過雪地，棒透啦！當你在寂靜中走著，一團團的白雪不時忽然從樹稍啪噠一聲墜下！叫你猛然跳起來落荒而逃，找個地方躲避。黑夜裡突然無中生有竄出的雪堡和雪窯——以及雪橋、雪廊、雪壁壘——要我留在那兒陪他們玩上幾個鐘頭都行。地上到處可見被沉重的積雪壓斷的大樹枝，知更鳥兒趾高氣昂地站在那上面蹦蹦跳跳，彷彿那是他們自己弄斷的似的。一列參差不齊的野鵝從頭頂上飛過，高高地翱翔於灰暗的天空上；幾隻白嘴鴉在樹上盤旋、睇視，帶著一臉嫌棄的表情振翅朝回家的方向飛去；但一路上我卻沒碰到一個聰明人可以打探消息。半途中，我遇見一隻坐在樹樁上，用爪子清潔他那張笨臉的兔子。當我悄悄走到他身後，伸出一隻沉重的前掌搭在他肩頭時，可把他嚇得魂飛破散哩！我不得不揍他的頭一兩拳，才能使他稍微恢復鎮定。最後我好不容易從他口中逼問出，昨天晚上他們之中有隻兔子在野樹林見過鼴鼠。他說，那是樹洞之間的話題，有人提到河鼠先生的摯友鼴鼠境況有多慘！他迷失了路徑；『他們』紛紛跑出來追他，把他趕得團團轉。『那你們何不想點辦法？』我問。『你們不至於全都笨得要死。相反的，你們的數目有上百上千，個個一副結實的大塊頭，肥得像牛油一樣。你們的樹洞四通八達。無論如何，大可以把他帶進洞裡照料得平安舒適，或者試著這麼做一做。』『什麼？我們？』他光只會說：『想辦法？我們兔子？』於是我又揍他一拳，離他而去。除此之外，我能拿他怎麼辦？不管怎麼說，我已能曉得某件事；倘若運氣好再遇見『他們』之中的任何一個，我就會多知道一點了——不然就是他們會。」

「難道你一點都不——呃——緊張？」一提到野樹林，鼴鼠昨日的驚慌恐懼又有一部分重回心中了。

「緊張？」水獺張嘴大笑，露出一口白得發亮的強健牙齒。「要是他們之中有哪個想對我怎麼樣，我才會教他們緊張。喂，鼴鼠，幫我煎幾片火腿吧，乖順的小兄弟。我餓昏了，只有一蘿筐的話要和河鼠說。將近一年沒見到他嘍。」

於是，鼴鼠溫順的切下幾片火腿，叫兩隻小刺蝟煎熟，然後回到原位吃自己的早餐。水獺和河鼠則頭靠著頭，熱烈地大談河上行當，滔滔不絕地說個沒完沒了，就像潺潺的河水一樣永不停歇。

一盤火腿剛剛吃完，送回盤子想多添些時，獾打著呵欠、揉著眼睛進來了，以他安靜而簡單的方式、加上親切的詢問向在場每個人打招呼。「想必快到午餐時間了，」他告訴水獺：「最好留下來和我們一道用餐。這種寒冷的早上，你一定餓嘍！」

「餓慘了！」水獺朝鼴鼠眨眨眼。「光瞧見這兩隻小刺蝟拿火腿填飽肚子，就教我感到飢腸轆轆。」

一吃完麥片粥，就那麼賣力替人煎火腿的小刺蝟們才剛覺得肚子又餓了，仰頭怯怯地望著獾先生，卻又羞赧得說不出話來。

「喂，你們兩隻小傢伙最好快快回家找媽媽。」獾和藹地說：「我會派個人幫你們帶路。我斷定，你們今天不用再吃午餐啦。」

他給了他們每人六便士，拍拍他們的頭。他們畢躬畢敬地揮揮帽子，舉手碰碰額頭行禮，離開獾先生的家。

廚房裡，大夥兒馬上坐下來吃午餐。鼴鼠的座位就在獾先生旁邊，水獺和河鼠還在一個勁兒沉迷於河流話題，天塌下來也沒法讓他們分神。於是，鼴鼠趁此良機告訴獾，他心裡覺得這裡有多麼舒適，多像家一樣。

「一旦進入地底下，」他說：「你就會徹底安心自在。不會出任何事情，也不會有任何東西逮著你。你可以完全自作主張，用不著和任何人商量，或管他們怎麼說。頭頂上的萬事萬物照常運行，你只消任其發展，用不著去掛意。想上去時就上去，一切都在等著你。」

獾對他露出和煦的笑容。「我的看法正是如此。」他答道：「除了地下，沒有一個地方是安全、寧靜、或安定的。再說，要是你有意擴充和擴大──只消刨刨挖挖就行啦！要是仍覺得自己的房子大了些，不妨封掉其中一、兩個洞口，就又稱心如意啦！沒有建築師，沒有工匠，沒有人爬到牆頭上對你發表高論，也沒有天氣因素作怪。喏，瞧瞧河鼠。只要洪水漲個幾呎高，就得搬進出租公寓裡；既不舒服，環境又不便，而且貴得嚇死人。再說蛤蟆吧。我對蛤蟆府沒什麼非議；就房子而言，是這一帶最好的房屋。但假設萬一失火──蛤蟆怎麼辦？假設屋瓦被颳走，或者牆壁塌了、龜裂了，再不然若是窗戶破了──蛤蟆怎麼辦？假設房間裡罅縫風吹來吹去──我本身討厭透風了──蛤蟆怎麼辦？不，出門，到地面上去四處走走，找點東西糊口謀生是很不錯，但終歸要回到地下來——這就是我的家庭觀！」

鼴鼠由衷贊成；最後獾待他親切得不得了。「吃完午飯後，」他說：「我帶你到我這小地方四處逛逛。看得出來你會欣賞它。你懂得家居建築應該怎麼設計；真的。」

因此，午餐過後，趁另外兩隻動物坐到爐角，針對鰻魚話題唇槍舌戰，獾點了一盞提燈，吩咐鼴鼠隨他走。他倆穿過大廳，走入一條大隧道，搖曳的燈光明滅不定地照亮兩旁大大小小的房間；有的只有櫥櫃大，有的像蛤蟆家的餐廳一樣寬敞又宏偉。一條右轉的狹小走道引領他們走上另一道走郎，同樣的格局又再重複一遍。鼴鼠不禁為這種大小、規模、四通八達瞠目結舌；陰暗走道的幽長，擁擠倉庫的堅固圓頂，遍佈四處的磚石建築、樑柱、拱門、和人行道路面都叫他驚奇。「怎麼做的，獾？」最後他問：「你是怎麼找到時間和力氣完成這一切的？太驚人了！」

「倘若全是我一個人完成的，」獾直言：「的確很令人吃驚。但事實上我什麼也沒做——只是清理出自己需要的走道和房間。它的規模還遠不止於此，周圍尚有許多沒使用到的。看得出來你聽不明白，我必須向你解釋說明。嗯，很久很久以前，今天的野樹林所在處在還沒生根發芽、滋長成現在這樣之前有座城市——喏，人類的城市。這裡；就在我們現在所站的地方，他們生活、走路、談話、睡覺，從事他們的營生。他們在這裡養馬、擺酒宴，從這裡騎馬出門打仗或駕車出去做生意。他們是個強大的部族；富裕；是偉大的建築師。他們建造持久的建築；因為他們認為自己的城市將會永恆長存。」

「但是來他們後來都怎麼了？」鼴鼠追問。

「誰曉得？」獾說：「人們來了——他們逗留一陣，興盛繁榮，建造東西——然後走掉。這就是他們的習性。聽說，在還沒有建造那座城市的多年以前，這裡有很多獾。現在這裡又住著獾了。我們是個堅忍的族群。我們可以暫時搬出去，但是耐心地等著，等到終有一日再回來。以往如此，以後也將是。」

「哦，那麼等他們終於走了以後呢？我是指那些人類？」鼴鼠問。

「等他們走了，」獾接著說：「強風和不斷的雨水立即耐心地、無止無休、年復一年地掌管這一切。也許我們獾也盡了棉薄之力，幫上一點小忙——誰曉得呢？一切都在漸漸地倒、倒、倒——毀壞，夷為平地，消失了。接著，一切又逐漸長、長、長。種木長成幼苗，幼苗拔高成森林大樹，荊棘、蕨類也攀爬匍匐著助勢。腐殖土壤慢慢堆高，湮沒了一切；冬季裡暴漲的溪流挾帶著泥沙和土壤淤積在北地，日積月累，為我們備妥了家園；於是我們搬進來了。在我們頭上的地表上，發生同樣的事情。動物來到此地，看中它的風貌，各佔地盤定居下來，擴張領域，興盛繁衍。他們懶得費心研究過往——從來不曾；他們太忙了。這地方有點兒起起伏伏、高低不平。自然而然，到處是坑洞；不過那是個極大的便利。他們也不操心未來——未來也許人類會再搬進來——住上一段時間——很有可能。如今野樹林裡有不少種族群居住著；好的、壞的、不好不壞的，就和一般的聚居地一樣——我叫不出他們的名字來。一個世界，需要有各式各樣的東西才能夠組織成。不過，我想目前你自己對他們應該有些認識了吧。」

「正是。」鼴鼠微微一顫。

「沒事，沒事，」獾輕拍他的肩膀：「喏，這是你第一次和他們遭逢。他們並非真的那麼壞；我們全都必須生活，也必須讓人生活。不過明天我會傳個話出去，以後你應該就不會再遇上麻煩了。在北地，我的任何一位朋友愛走哪裡都可以通行無阻。如若不然，我一定會追究原因！」

回到廚房後，他們發現河鼠正坐立不安地走來走去。地底下的氣氛正壓迫著他，讓他愈待愈緊張。他似乎真的害怕若不回去看管，河流會溜掉似的。因此他早已披上外套，把手槍插回腰帶上。「來吧，鼴鼠，」一見到鼴鼠，他便焦急地說：「我們得趁著天色明亮趕緊告辭。我可不想再在野樹林裡逗留一夜。」

「不會有問題的，我的好兄弟，」水獺說：「我陪你們一塊兒走，就算蒙上眼睛我都能認得每一條小路；要是有哪個傢伙欠揍，你們大可以安心交給我去揍他一頓。」

「河鼠，你真的用不著憂心忡忡，」獾淡淡說道：「我那些走道通行的地方遠比你想像中更遠。另外我還有很多通孔通向好幾個方向的林子邊緣，不過我並不在乎大家知道這些。等你真的非走不可時，不妨由我那些捷徑之中的一條離開。而在此之前你儘管放輕鬆，安心坐下來。」

河鼠還是一個勁兒急著要趕回去照料他的河流。於是獾再次提起提燈，領著大夥兒走進一條悶溼的地道。這條地道蜿蜒曲折，驟轉直下；部分造成拱狀，部分削穿堅硬的岩石，走得讓人骨酸腳麻的距離似乎足足有好幾哩長。好不容易，天光終於透過走道出口頂上交錯的植物縫中灑下；獾和他們倉促地說聲再會，把他們匆匆推出出口外，再以爬藤、灌木、和枯枝敗葉儘可能將一切恢復成自然面貌，然後返身往回走。

三名訪客發現自己置身於森林的最邊緣，身後的岩石、荊棘和樹根亂七八糟地堆積、糾纏成一團；前方是一大片、一大片平靜的田原，四周的樹籬映著雪地顯得黑沉沉。再向前遠眺，熟悉的老河流閃著微光，寒冬的紅日低低地懸掛在地平線上方。熟悉路徑的水獺負責帶隊，抄捷徑趕到遠方的出入口旋門，然後暫停腳步回頭一望，看見一整片野樹林濃濃密密、陰森駭人地座落在周圍遼闊的皚皚白雪上；他們同時轉身快步往回家的路上趕，趕回去看看爐火和被火光照亮的熟悉事物，聆聽窗外河流輕快的水聲。不管這條河的情況如何他們都很瞭解、很信任，從來不會叫他們吃驚或害怕。

就在鼴鼠匆匆趕路，焦急地盼望著早點回到家中和熟悉喜愛的事物在一起時，他清楚地認清自己是隻屬於耕作地和樹籬的動物，緊緊依附於犁過的田原、常見的牧場、黃昏漫步的小徑、與栽培作物的庭園地。至於伴隨未經開發的大自然那些嚴酷的條件、堅忍的耐力，或實際抵觸的衝突，都是為別人而存在的。他必須放聰明，謹守自己愉快的本份。這裡頭，自有夠他一生經歷的冒險活動和奇遇。

# 第五章・溫馨家園

就在兩隻小動物談笑風生、興高采烈地加緊腳步走過時，整群綿羊擠成一團衝撞著柵欄，細細的鼻孔噴著氣，跺著纖瘦的前腳，仰著頭，一縷淡淡的白氣從熙攘的羊欄升上嚴寒的空氣中。在和水獺外出長長的一整個白天後，他們正要穿越田野返家。這一天裡他們到遼闊丘陵高地間打獵、探險，許多注入他們那條河流的小溪都是在附近起源。冬天天黑得快，暮色漸漸籠罩，他們卻還有好一段落要走。他倆慌不擇路地大步走過耕地，早已聽到羊群

的聲音，因此朝著他們的方向走來。這時，他們發現由羊欄往外延伸有條被踩踏出來的小徑，走起路來輕鬆多了。不只如此，對所有動物帶來的小小探詢，它一概斬釘截鐵地回應：「對，絲毫不錯；這正是回家的路。」

「看來我們好像要進入某個村莊了。」鼴鼠有點遲疑地放慢腳步。這條小徑漸走漸成一條小路，慢慢又變成鄉間小道，再往前走更要踏上一段鋪得很好的馬路了。動物們可不喜歡村莊，還有村莊裡的那些大道，東一條、西一條，完全不顧什麼教堂、郵局和酒店，自以為是地想通往哪裡就往哪裡。

「噢，沒關係，」河鼠說：「每年到了這個季節裡。村民都是安安穩穩地圍在爐邊，足不出戶；男人、女人、小孩、小貓、小狗都一樣。我們可以不受任何打擾，不惹任何不快，悄悄通過這村子。高興的話，還可以從窗口看看他們，瞧他們在做些什麼。」

當他們輕輕踩著細雪接近村莊時，十二月中旬驟降的夜幕已完全包圍這個小村子。除了大道兩旁一個個暗橘紅色的方塊，幾乎已經看不見什麼了。每家農舍的燈光，都是透過那些方形的窗口流洩到外面昏暗的世界。一般矮格子窗戶大多沒裝窗簾，對從窗外往內窺看的動物們來說，那些圍坐在茶几旁邊專心做手工，或老是比手劃腳、笑哈哈談天的居住者們各有各的快樂手采，即使是演技精湛的演員也難以捕捉其神韻——總是在不經意的觀察間才出現的自然風度。兩名觀眾隨興由一座劇院移往另一座劇院，看著一隻小貓被人撫摸，一個睏倦的孩子被抱起來、縮著身體放到床上，或者一名疲倦的男子伸伸懶腰，在一段燻燒的木頭末端磕出煙斗裡的煙灰，離家遙遠的他們眼中不由得露出幾許渴慕。

然而有那麼一扇拉下了簾子的小窗戶，在黑夜中只是一片空茫的透明，望著它，那種家的感覺和四壁之內的小小簾中世界——外頭大自然那片緊張的大世界已被關在窗外，遺忘了——最教人悸動。貼近白色窗簾掛著一個鳥籠，清清楚楚映出其輪廓，每條鐵絲、棲桿、和配件都歷歷可辨，就連昨天那被啄掉邊緣的糖塊也看得出來。一隻毛茸茸的小傢伙站在中央那根棲桿上，把頭埋在羽毛裡，身影近得彷彿只要他們伸手去摸就能摸得到；甚至於他那一身膨起的鳥羽細緻的羽毛尖兒，都清晰地描繪在通明的簾幕上。就在他倆看著他的影像時，那隻愛睏的小東西不安地動了動，醒過來，抖抖身子，抬起頭。當他張開小嘴無聊地打著呵欠、左顧右盼之際，他們可以看到尖嘴之間的缺口。接著他又將頭扭回原處，抖鬆的羽毛漸漸平伏，最後一動也不動。這時一陣刺骨的寒風吹過他倆的頸背，皮膚上一陣冰冷的刺痛使得他們彷彿從夢中驚醒過來。兩隻動物自覺腳趾冰冷、四肢酸疼，而自己的家園卻還在遙迢的路程外。

才過村子，農舍一下子全沒了，他倆又可以透過黑幕，從馬路兩旁聞到親切的田原氣息。他們振作精神，準備走完最後一段長路；回家的長路；鐵定有個盡頭長路。屆時，門閂嘩啦一響，火光突然大亮，熟悉事物的畫面像迎接闊別海外的遊子一樣把臂寒暄。他倆安靜而穩健地快步趕路，腦中各懷自己的心思。鼴鼠頻頻想到晚餐；由於四周已是一片黑漆漆，而據他所知這又是一個自己完全陌生的鄉村，因此乖乖跟在河鼠的背後，把嚮導工作全部交給他。至於河鼠呢；他依照平日習慣稍微走在前面一、二步，弓著肩膀，兩眼盯著面前筆直的灰色馬路，以至於當鼴鼠突然意識到聲聲召喚，渾身恍如觸電般猛然一震時，河鼠並沒有注意到。

我們這些早已失去微妙肉體感覺的人，甚至沒有恰當的專用詞彙去表達一隻動物與其周遭事物（不管死或活）間的交流。比方說，只用「聞」一個字，便概括動物的鼻子裡白天和夜晚所有唏哩呼嚕的細微搐動：召喚、警告、鼓動、拒絕……等等。在黑暗中驀然從虛空中傳到鼴鼠耳裡的縹緲神祕呼聲，正是這其中之一。縱然尚未能夠清楚憶起那是什麼，聲聲熟悉的呼喚卻令他激動不已。他完全停下腳步，鼻子到處嗅來嗅去，努力重新捕捉那細細如絲、如電報般強烈觸動他的訊息。不一會兒，他又捕捉到它了；這一次，回憶如洪水般隨之一湧而至。

家！那就是這些訊息透露的意義。那些撫慰的呼聲，那些空氣中拂過的輕柔碰觸，還有那些拉拉扯扯、看不見的小手，一路上召喚他回家！噢，此時此刻他必定離家很近了；那個在他初見河流那天，被他匆匆遺棄，從此再沒尋找過的老家園！如今它派出它的斥候和使者來捉拿他回去。自從他在那個晴空萬里的早晨逃走之後，便始終沉迷在他的新生活裡，一心一意享受它的樂

趣、它的驚奇、以及它那新鮮、扣人心絃的經驗。此刻，在黑暗中，伴著如泉湧至的回憶，它是多麼清晰地矗立在他眼前！不錯，是很寒酸，又小，裝潢好簡陋；但那還是他自己的，是他親手為自己建造的家園，每天工作完後都好高興回去的家。而那個家顯然也很高興和他在一起，而且正思念著他，盼望他回去，並且正透過他的鼻子這麼告訴他；幽幽地，責備地，但不帶半點怨恨和怒氣；只是清清楚楚地提醒他，它就在那裡，盼著他回去。

那呼聲好清晰，那召喚好明白。他必須馬上聽它的；回去！「鼴鼠！」他欣喜若狂地大喊：「停下回來！我需要你，快！」

「噢，走啊，鼴鼠！快走！」河鼠爽快地答覆，仍舊一個勁兒快步趕路。

「求求你停下來，河鼠！」可憐的河鼠苦惱地央求：「你不明白！是我的家啊；我的老家！我剛剛聞到它的氣味了，就在這兒附近；真的很近！噢，回來啊，河鼠！拜託，拜託，拜託你回來！」

這時河鼠已經遙遙領先一大段路，遠得聽不清他在喊些什麼，也聽不出他語氣中深刻的痛苦味道。他整顆心都懸在天氣問題上，因為他也聞道一股氣息——一股疑似大雪將至的氣息。

「鼴鼠，目前我們不能停下來，真的！」他回頭大喊：「不管你剛剛發現的是什麼，我們明天去找。不過現在我真的不敢停下來——天色已經很晚，而且雪又要再下下來了，加上我不敢確定該走哪一條路！我需要你的鼻子，鼴鼠，快趕上來吧，好兄弟！」河鼠不等他回答便加緊腳步向前走。

可憐的河鼠孤伶伶站在馬路上，心都碎了。一股哽咽不知沉在體內的某處，凝聚再凝聚，他知道，就快激烈地迸發到表面上來了。但即使是在這麼嚴格的考驗下，他還是堅持對他的朋友忠心耿耿，從沒有一分一秒想到要棄他於不顧。這時候，陣陣的哀求、低訴、魔咒又從老家飄來，最後苦苦逼著他回去。他不敢再在它們的魔法圈中逗留下去，咬咬牙，扯斷心絃，低頭盯著路面，順從地跟著河鼠的腳步走。而陣陣微弱稀薄的氣息依然尾隨他漸去漸遠的鼻子，譴責他的新友誼和無情的遺忘。

他賣力追上毫不知情的河鼠。對方開始開心地大談回到家後他們要做些什麼，客廳裡的爐火要燒到多旺，打算吃頓多棒的晚餐，一點也沒注意到同行的朋友是始終默默無語，苦悶心酸。然而，等他倆繼續走上好一段路，行經幾棵殘留在路旁矮樹欉邊的樹樁時，河鼠終於終停下腳步，親切地說：「喂，鼴鼠老弟，你看起來好像累得要命。一路上不言不語，腳下像綁了鉛塊似的拖拖拉拉。咱們先在這裡坐一會兒，休息休息。雪一直拖到目前為止都沒下，而我們也已經趕完大半路程啦。」

鼴鼠愀然退到一根樹樁上坐下，努力控制自己的情緒；因為他感覺它就快決堤了。交戰了那麼久的哽咽，不肯臣服於他。一再高漲，高漲，拼命想要縱情流露；一波接一波，衝得又急又激烈。終於，可憐的河鼠放棄掙扎，難以自制地盡情放聲號啕大哭；他知道一切就要完了，他已然失去幾乎可以算是已經找到的東西。

河鼠為鼴鼠這突如其來的激烈悲傷心緒而大感震驚，茫然不知所措，好半晌都不敢開口說句話。終於，他滿懷同情，細聲細語地探問：「怎麼啦，老弟？究竟出了什麼事？把你的苦惱說出來，讓我來看看有啥辦法可想。」

可憐的鼴鼠胸口急遽起伏，好不容易一句話剛要說出口，馬上又被下一口抽氣哽回去，幾乎無法言語。「我知道它是個——破舊、骯髒的小地方，」終於，他一面飲泣，一面斷斷續續地吐露：「不像你——那溫馨的地方——或蛤蟆漂亮的宅邸——或者獾的大屋——但那是我自己小小的家——我喜歡它——我離開了，把它忘得一乾二淨——剛剛我忽然聞到它的氣味——在馬路上，我叫你而你不聽時，河鼠——所有事情一下子全部湧回心頭——我要它——噢，天！噢，天哪！——而你不願回頭，河鼠——我只好離開它；雖然始終都聞到它的氣味——我想我會心碎——我們本該可以回去看它一眼啊，河鼠——只是一眼——它就在附近——可是你不肯回頭，河鼠，你不肯回頭，噢，天哪！噢，天哪！」

回憶帶來陣陣新的悲傷，鼴鼠再度泣不成聲，無法繼續說下去。

河鼠直愣愣地盯著前方，一句話也沒說，只是輕輕拍著鼴鼠的肩膀，過了好一會兒才愁眉苦臉地低聲怨自己：「現在我全明白了！我多蠢啊！蠢豬——那就是我！一頭蠢豬——不折不扣的蠢豬！」

他一直等到鼴鼠的嗚咽漸漸規律，不再那般歇斯底里；等到哽咽只是陪襯，大聲抽鼻子變成主調；這才站起來，輕描淡寫地說句：「好了，老兄，現在咱們真的得趕緊走啦！」然後朝著剛剛辛辛苦苦走過的來時路往回走。

「你究竟要（嗝）去哪裡（嗝），河鼠？」鼴鼠慌地仰起頭，淚汪汪地喊著。

「我們去找出你的家，老弟。」河鼠愉快地說：「所以你最好跟上來，因為那可有得好找的；我們需要你的鼻子。」

「歐，回來啊，河鼠，回來！」鼴鼠站起來匆匆追上前去，嚷著：「沒用的，我告訴你！時間太晚了，天色也太暗啦，那地方又太遙遠，況且眼看就快下起雪來！我——我根本沒打算讓你知道我那種感受——那全是意外，是個錯誤！想想河岸！想想你的晚餐！」

「去他的河岸！去他的晚餐！」河鼠情緒激昂地說：「告訴你，我現在要去找出這個地方，就算徹夜留在戶外也在所不惜。開心一點吧，老弟，挽著我的手，咱們很快就會回到原處的。」

還在抽抽搭搭的鼴鼠，一路哀求著，勉勉強強被他那專斷的朋友拖著往回走，聽他侃侃談些愉快的話和趣事奇聞來鼓舞自己的精神，讓累人的路程走起來感覺短一點。終於，河鼠覺得他倆一定離鼴鼠剛剛「滯留」的路段很近了，於是他說：「喂，現在別再閒聊啦。辦正事！用你的鼻子，專心去做。」

他倆靜悄悄移動一小段路，河鼠突然經由和鼴鼠相挽的手臂，意識到一股如電流般的微弱刺激流佈好友的身體。他立即鬆手，後退一步，全神貫注地等著訊號傳來。

鼴鼠文風不動地佇立片刻，仰起鼻子微微翕張，嗅著空氣中的氣息。

接著他箭步往前衝出一小段路——不對——煞住——回到原地；然後，穩健地，滿懷自信地緩緩前進。

激動萬分的河鼠緊緊跟隨。而鼴鼠卻有點像在夢遊似的，跨過一條乾溝，爬過一片樹籬，在暗淡的星光下嗅著路，越過一片光禿禿、沒有人跡的空曠田野。

這時，他突然毫無預兆猛往下鑽；但河鼠一直警惕留神，忙跟著他鑽下地去，來到被鼴鼠那忠實精確的鼻子引導主人前來的地道。

地道既擠又不通風，還帶著強烈的泥土味。河鼠覺得自己彷彿走了大半天才到通道盡頭，總算能夠挺直腰桿，伸展四肢，抖動一下身體。鼴鼠擦亮一根火柴，河鼠借著火柴光看出他們現在站在一塊空地上。這裡經過仔細打掃，腳下鋪著沙子，正對面是河鼠家小小的前門，一旁的門鈴拉索上以歌德體（印刷體）字漆著**「鼴鼠終站」**四個大字。

鼴鼠伸手取下掛在牆邊一支釘子上的燈籠點亮，河鼠左顧右盼，看出這該是個前庭之類的地方。門的一側擺著一張花園涼椅，另一邊有部滾路機；因為鼴鼠在家時是隻愛整潔的動物，受不了別的動物一點一滴的把他的土地踢出幾個土坡來。四面牆邊掛著不少只鐵絲籃的野蕨，搭配著數個托著石膏像的托架——有加里波第❶、撒姆❷、維多利亞女王、以及其他眾現代義大利英雄人物等等。前庭的一側設有一座九柱戲場，沿著它旁邊擺了些長椅和小木桌，桌上留著一個個像是啤酒杯製造的圈痕。中央是個圓形的小池塘，裡頭養著金魚，邊緣嵌著海扇殼。池子中央聳起一座包著許多海扇殼的奇異東西，頂端嵌著一顆銀色大玻璃球，每樣物品投射在那玻璃球上都映出扭曲的形像，製造出十分逗人喜愛的效果。

鼴鼠一見這所有親密的東西立即眉開眼笑，連聲催促河鼠進屋，並在大廳裡點盞油船燈，環顧一眼他的老家。他看見每樣東西上都蒙著一層厚厚的灰塵；看見這長期乏人看顧的房子一副淒

---

❶ 十九世紀，義大利的愛國者及將軍。

❷ 西元前十一世紀的希伯來士師及先知。

涼荒蕪相；還有它那狹小貧乏的腹地，以及破舊寒酸的傢俱什物——兩隻前爪摀著鼻子，再次頹然倒坐在大廳座椅上。「噢，河鼠！」他沮喪地大叫：「我為什麼要這麼做？為什麼偏要在這樣一個夜晚把你帶到這又冷又寒酸的小地方。這時候你本來大可以待在河岸，在熊熊的爐火前烘暖你的腳趾頭，身旁邊有自己美好的東西圍繞呢！」

河鼠全然不理會他傷心的自責，自顧自地跑來跑去，打開各扇門，詳細察看每個房間和櫥櫃，點亮許多油燈、蠟燭四處擺放。「這座小屋真是棒透嘍！」他開心地高呼：「這樣小巧！這麼設計周詳！樣樣東西都有，樣樣都擺在最合適的地方！咱們今晚一定會過得很快活！現在，我們首先需要燒一爐旺旺的火；我來負責——我一向知道什麼東西要上哪裡找。喂，這就是客廳了嗎？好棒哇！鑿入牆壁裡那些睡舖是你自己的點子？讚！喏，我來搬些木頭和煤炭；鼴鼠，你去拿把撣子——餐檯的抽屜裡可以找到一把——想辦法把屋裡弄得整潔些。來吧，老弟！」

鼴鼠被這鼓舞人的朋友一激勵，馬上站起來痛快地東撣撣、西擦擦，賣力打掃。河鼠則一遍遍抱著滿懷木頭、煤炭來回跑，很快地煙囪裡就響起霹哩啪啦的烈焰奔竄聲。他把鼴鼠拖到爐前取暖；可是才一會兒工夫對方又頹喪起來，心灰意冷地坐在黑暗角落裡的一把長發上，把臉埋在手中的雞毛撣子裡。

「河鼠，」他唉聲歎氣說道：「你的晚餐怎麼辦？你這又冷又餓又累的可憐東西？我什麼東

西也沒得給你——沒有——連塊麵包屑也沒有！」

「你怎麼這麼容易認輸啊！」河鼠責備他說：「呼，我剛剛才在廚房的碗櫥裡看見一把沙丁魚罐開罐器，看得一清二楚，明明白白；大夥兒都知道，那就表示附近一定有沙丁魚罐頭。振作起來吧！打起精神，陪我一塊兒去搜尋搜尋。」

他倆一塊兒去找尋食物。翻遍每座櫥櫃，拉開每一個抽屜，結果自然不會太可觀，但畢竟還不很教人失望；一罐沙丁魚——一盒幾乎滿滿的餅乾——還有一根用銀紙包著的德果香腸。

「夠擺一桌筵席啦！」河鼠察顏觀色，邊佈置餐桌邊說：「就我知道，有些動物會願意不惜任何代價，又求今晚和我們共桌吃晚餐！」

「沒有麵包！」鼴鼠悲哀地呻吟：「沒有奶油，沒有——」

「沒有美味可口的肥鵝肝醬，沒有香檳！」河鼠笑嘻嘻地接著說：「這倒提醒了我——走道盡頭那個小門是什麼？你的地窖；鐵定是！所有這屋子裡的奢侈品全在那裡！你等一下，瞧我的！」

他在地窖門那邊走去，不一會兒工夫便一爪抓著一瓶啤酒，兩臂再各挾一瓶，有點灰頭灰臉地回來了。「鼴鼠，我看你真像個住在金銀窩裡的乞丐。」他說：「別再看輕自己啦。這裡真的是我平生所見最令人愉快的的小地方！喂，你那複製畫究竟打哪裡挑來的？真的，讓這地方看起來好溫馨啊！難怪你會喜歡它，鼴鼠。告訴我有關這裡的一切，還有你是怎樣把它佈置成現在這樣子的。」

接下來，趁著河鼠忙於拿刀、叉、碗盤，在雞蛋杯裡調芥茉醬，胸口還為剛剛緊繃的情緒而起伏喘息的鼴鼠開始敘述——一開始帶點兒羞赧，後來談得興起，便越說越率性——這是怎麼設計，那是怎麼構思；這是怎麼從某位姑媽那兒意外得來，那又是怎麼個驚奇發現加上廉價購入；而另外這件則是辛苦積攢加上東省西省才買下來的。他的精神終於恢復了，拿盞油燈向他客人誇示它們的特點並詳加介紹，壓根兒把他倆都亟需要飽餐的晚飯給忘了；餓得發慌卻還竭力掩飾的河鼠一本正經地猛點頭，蹙著眉頭仔細觀賞，偶而輪到他發表觀感時，更頻頻誇道：「棒極了！」「真出色！」

最後，河鼠總算把鼴鼠誘回餐桌，剛要全力以赴地打開沙丁漁罐時，前庭屋外傳來種種聲音——一些像是小腳在石礫上拖著走的聲音，還有一些紊亂的細語交談聲。他們耳裡聽到幾個斷斷續續的句子——「來，大家排成一列——湯米，把燈籠提高一些——先清清你們的喉嚨——等我說一，二，三後就別再咳嗽——小比爾哪裡去了？——喂，過來，快，我們大家都在等著——」

「怎麼回事？」河鼠停止手中動作詢問。

「我想一定是田鼠。」鼴鼠帶著幾分神氣回答：「每年這個時節他們都固定到處去報佳音。他們在這一帶是相當出名的團體，而且從來不會疏漏掉我這裡——鼴鼠終站是他們最後一處到的地方；而我總是會請他們喝些熱飲，遇到請得起時還外帶晚餐。能再聽到他們的歌聲，感覺定會像往日時光。」

「咱們就來見見他們！」河鼠嚷著一躍而起，奔向大門。

門一盪開，迎面所見的是幅美麗的畫面；符合時令的畫面。藉著一盞角製燈籠朦朧的光線，他們看見前庭站立著八到十隻小田鼠，排成半個圓圈，脖子上圍著紅色長羊毛圍巾，前爪深深插在口袋裡，兩腳輕輕跳來跳去好保暖，亮晶晶的圓眼珠滴溜溜地互相瞟來瞟去，嘻嘻竊笑，不時吸吸鼻子，用袖口去擦。

門一打開，提著燈籠的一隻較大田鼠就開口：「好啦，一，二，三！」

他們尖銳的小嗓音馬上竄入空氣中，唱出一支古老的頌歌。那是他們的祖先在霜凌雪欺的休耕地裡，或者在被大雪困於壁爐邊時創作的頌迎歌之一，而後代代相傳，每到聖誕季節便在泥濘的街頭被人歌詠。

# 聖誕頌

各位鄉親，值此寒氣正逼人，
且請敞開你們的大門，
雖則風會跟進，雪亦來臨，
仍帶我們至您爐邊暖暖身；
明早您將歡暢又快活！

我們站在料峭雪中把冷受飽，
呵著手指又跺著雙腳，
從遙遠的地方來向您問好——
您在爐畔而我們在街道——
祝您明早歡暢又快活！

就在夜將過半之前的時候，

忽有一星引導我們走，
灑下神恩福澤厚——
賜福明日以及更悠久，
每個早晨都快活！

丈夫約瑟辛苦跋涉風雪中——
望見馬廄上方低垂著明星；
瑪麗亞可以不用再前行——
可喜的茅草頂，與底下乾草莖！
明早她將歡暢又快活！

這時他們聽見天使們告訴：
「聖誕的歡誦將由誰先呼？
就在聖嬰降臨馬廄之初，
如居住在裡頭的所有動物！

明早他們都會心快活！」

歌聲停歇，帶著微笑的靦腆的歌手們，互相斜遞著眼色，沉默接續——但只是一下子。接著，遙遠的鐘鈴敲出歡欣熱鬧的玎璫聲，化為微弱悅耳的縈嗡嗚響，從上頭遠遠的地方鑽入他們才剛走過的地道，傳入他們的耳裡。

「孩子們，唱得真好！」鼴鼠由衷地大喊：「現在，大家快進來，到爐邊來取取暖，吃點熱東西！」

「對，快進來，田鼠們，」鼴鼠熱情地叫著：「全跟往日一模一樣！進來後把門帶上，再將那把高背長椅拉到火爐邊。好啦，你們暫候一會兒，等我們——噢，河鼠！」他絕望地大叫一聲，噙著淚水，一屁股重重坐在一個座位上。「怎麼辦？怎麼辦？我們沒有東西可以招待他！」

「只管交給我來辦。」河鼠一把攬下來：「喂，提著燈籠的那個！過來這邊，我有話要對你說。來，告訴我，晚上這時間可有哪家商店還開著？」

「當然有啊，先生。」田鼠恭恭敬敬地回答：「每年這個時候商店都是全天候營業。」

「那麼，注意聽！」河鼠說：「你馬上提著燈籠出門，幫我——」

接下來，是一大段唧唧咕咕的交談，鼴鼠只聽到其中的幾個小片段，好比——「新鮮的，記住！——不，一磅正好——務必要挑巴金氏的，因為別的我都不要——不行，只要最好的——要是那裡買不到，就去別家試試——嗯，當然要家庭製，不要罐裝的——行了，盡你所能吧！」最後，叮叮噹噹的硬幣由一隻手爪傳到另一隻手爪，小田鼠又接下一個供他購物用的大籃子，提著燈籠匆匆忙忙走了。

其餘的田鼠排成一排坐在長椅上，幌著短腿，陶醉在火光中，烤凍瘡烤到隱隱感到刺痛。鼴鼠想引導大家輕鬆談天卻沒成功，索性大談家族史，要每隻田鼠背誦他們那一大串弟弟們的名字。這些弟弟們的年紀還太小，今天不能出門報佳音，但可望在不久的將來會贏得父母的首肯。

在這同時，河鼠忙著檢視一支啤酒瓶上的商標。「我認出這是老柏頓牌的。」他稱許：「聰明的鼴鼠！了不起的東西！這會兒咱們可以加點香料燙些酒來喫了！你去把材料準備準備，我來拔開瓶塞。」

沒多久工夫，他們便將香料泡好，把洋鐵壺推入紅紅的火焰中心；很快地，每隻田鼠都又咳又嗆（因為加過香料的麥酒，只喝一小口後勁就很強）地啜飲著美酒，揉著眼睛，哈哈大笑，忘了這一輩子所遭受過的所有寒凍。

「這些小傢伙也演戲呢；」鼴鼠對河鼠說明：「由編到演通通自己來，而且表演得極棒！去年他們演了一齣絕妙好戲讓大家欣賞，內容是說有隻田鼠在海上被海盜船捉去，逼著他划船；等他逃離船上回到家鄉，心愛的姑娘已經當了修女。喂，你！你也參加了演出；我記得。站起來，背個幾句臺詞來聽聽。」

被點到名的田鼠站起來，害羞地咯咯笑著左顧右盼。舌頭始終像打了結一般。同伴們個個為他加油，鼴鼠也又哄又鼓勵，河鼠更是握著他的肩膀搖了搖，卻終究無法打敗他的舞臺恐懼症。就像大英溺水者營救會的水手搶救一名落水已久的人一樣，他們全都忙著卯足全力唆使他演出。這時門閂卡啦一聲，大門應聲而開。提著燈籠的田鼠拖著沉重的籃子，搖搖擺擺走進來。

一見滿籃實實在在的東西跌到桌子上，就沒人再提戲劇表演的事了。憑著河鼠的指揮才華，在場每個人都被派去做點事或拿點東西。不到幾分鐘，晚餐已經準備妥當。鼴鼠像在做夢似的坐上首席，看著方才還稀稀落落的桌面，轉眼間已經擺滿了美味可口的佳餚；看著他的小朋友們無不眉開眼笑，毫不遲疑地埋頭大吃；然後自己跟著盡情享用——因為他的確餓得緊——這些像變魔術般出現的美食，想著，畢竟這趟回家的結果是多麼快樂哇！他們邊吃邊暢談往事，田鼠們提供他好些近來地方上的街談巷議，同時盡其所能地回答他所提出來的無數個問題。河鼠難得插上一句話，只是用心照應每位客人都能吃到他想要吃的東西，讓鼴鼠不用為任何事煩惱、焦慮。

最後田鼠們滿懷感激，說著數不清的祝賀佳節話語，外套口袋裡塞滿了帶給家中小弟妹們的東西，吱吱喳喳地告辭了。等終於送走他們，關上大門，玎玎璫璫的燈籠鈴聲遙不可聞後，鼴鼠和田鼠把火撥旺，把椅子拉上前，再為自己溫杯睡前酒，談論這漫長的一天內的種種事件。最後田鼠打個大大的呵欠，說：「鼴鼠老弟，我準備躺下來了。睏死嘍！那邊那張是你自己的睡鋪，對嗎？很好，那麼，我睡這邊。這幢小屋子真妙！每樣東西都好便利啊！」

他爬上臥鋪，把自己裹在毛毯裡，就像被收割機抱入機臂的整片大麥一樣，馬上進入睡夢。疲憊的鼴鼠也很樂於立即上床，馬上就快快活活、心滿意足地把頭靠到枕頭上。但在闔上雙眼之前，他先流目環顧在爐火光輝映照中呈現柔和色彩的老房間。這裡一切親切熟悉的東西，長久以來已經不知不覺成為他的一部分，而今正無怨無尤地笑盈盈迎接他歸來。此刻的他則處在機靈的河鼠悄悄設法引他融入的心境裡。他清清楚楚看到它是多麼樸素而平凡——甚至於有多麼狹窄——卻也清清楚楚看出它對他有多麼重大的意義，還有它那近似人生精神寄托物那般非凡價值。他一點也不想放棄目前的新生活和燦爛的生活空間，背離陽光、空氣、與它們帶給他的一切爬回家中，守在家裡；上面的世界大有力量啦，即使回到下面它仍聲聲呼喚他，而他也知道自己一定會再回到那片更大的舞臺。但想到能有這個地方可回真的好窩心；這片完完全全屬於他的地方；這些那麼高興再見他的面，而且可望永遠歡迎他歸來的東西。

# 第六章・蛤蟆先生

那是個萬里無雲的初夏早晨；河流已恢復它往常的堤岸和夙昔的流速，酷熱的太陽彷彿要將所有綠色的、叢生的、尖尖長長的東西全部拉向它，就像綁著繩子拉扯那樣。鼴鼠和河鼠打從天色微亮，就為有關船隻以及船季展開的諸多事務忙得團團轉；粉刷、上光、修理船槳、整修船上的坐墊、找尋不見蹤影的長篙……等等；然後在他們的小客廳裡邊討論當天計畫，邊把早餐吃完，忽然聽到一陣重重的敲門聲。

「煩歐！」河鼠淨顧著吃雞蛋，說了聲：「鼴鼠，既然你都吃飽了，當個好人，去看看是誰吧。」

鼴鼠走過去應門，河鼠聽見他發出一聲驚訝的大叫，隨即推開客廳門，鄭重宣佈：「獾先生到！」

這的確是件了不得的大事；獾先生竟會正式拜訪他們，或者形容得確切點——拜訪任何人。通常就算你急得要命想見他，也得選在清早或傍晚，趁他悄悄竄經樹籬時當面攔截才成。或者一路尋覓他那位於野樹林中央的住處；而那可是一件粗心不得的大事哩。

獾跨著重重的大步伐進入屋內，一臉肅穆地站在那兒盯著兩隻小動物。河鼠張著嘴巴，手中的吃蛋小湯匙不知不覺掉到桌巾上。

「時刻到啦！」終於，獾鄭重萬分地宣佈。

「什麼時刻？」河鼠不安地瞄瞄壁爐架上的時鐘。

「誰的時刻？你該這麼問才對。」獾答道：「呼，蛤蟆的時刻！蛤蟆的時刻！我說等冬天完全過盡，我會儘快好好管教他；今天我就要過去把他帶在身邊管教啦！」

「蛤蟆的時刻；那當然！」鼴鼠開心地嚷著：「好耶！現在我想起來了！我們這就去教他當隻明智的蛤蟆！」

「就是今天早上，」獾坐到一把搖椅上接著往下說：「因為昨晚我經由可靠的管道得知，又有一部超大馬力的新汽車將要送抵蛤蟆府，看看他是滿意或是要退回。說不定，就在此時此刻，蛤蟆正忙著將他視為心肝寶貝那些其醜無比的禮服穿上身，使他由一隻（相形之下）好看的蛤蟆，變成一隻任何正經動物見了都會火冒三丈的怪物。我們必須趁挽救不回以前，趕緊採取必要的行動。你們兩個馬上陪我前往蛤蟆府，一定要完成挽救的任務。」

「你說得對！」河鼠嚷著，立即站起來。「我們要挽救那隻倒楣的可憐動物！我們要改變他，他將會成為一隻與尚未接受咱們改造前，有百八十度轉變的蛤蟆！」

他們由獾帶隊，踏上這趟慈善任務之路。結伴而行的動物總是採取適當而聰明的方式，排成一直行，而不是隨便橫衝直撞過馬路，以至忽然遇上危險或麻煩時候難以互相支援。

正如獾剛剛預期的，他們一到蛤蟆府的車道就看見一部閃閃發亮、漆成大紅色（蛤蟆最喜愛的顏色）的嶄新大汽車，矗立在正屋的前面。他們走近敞開的大門，全身軟帽、護目鏡、高幫鬆緊鞋、超大大衣打扮的蛤蟆一面拉上他的長手套，一面大搖大擺地走下門階。

「哈囉，快過來，各位！」他一見他們便快活地高呼：「你們正好及時趕上與我同樂──來與我同樂──來──呃──同樂──」

當他看見三名沈默的朋友那冷漠嚴厲的表情，熱烈的語氣變得結結巴巴起來，邀請的話也沒敢說完。

獾大步跨上台階，厲聲吩咐兩名同伴：「把他帶進去。」然後，在蛤蟆被硬往門裡推，掙扎著抗議的同時，他轉身告訴負責新汽車的司機：「恐怕今天不需要你的服務了。蛤蟆先生已經改變心意，用不著那輛車子。請你瞭解這是最後決定，不用再等了。」然後繼蛤蟆等三人之後進入屋內，砰然關上大門。

「好啦，好啦，你聽著！」四人全站在大廳後，他告訴蛤蟆：「首先，把這一身可笑的東西

脫掉！」

「偏不！」蛤蟆氣虎虎地回答：「你們這樣凶神惡煞似的是什麼意思？我要求立即解釋。」

「喂，你們兩個，把他那些鬼玩意兒脫掉。」獾乾脆下令。

他們不得不把蛤蟆壓倒在地，任他揮拳蹬腿、罵盡所有粗話，才能動手展開這工作。接著河鼠騎到蛤蟆的身上，鼴鼠逐一剝掉他的全套汽車裝，才再扶他站起來。解除了那一身行頭的蛤蟆，凌人的盛氣好像也跟著矮下半截。現在他再也不是什麼公路煞星，純粹只是蛤蟆，兩眼帶著哀求意味從這個望到那個，軟弱地陪著咯咯笑聲，看來已經完全明瞭自己現下的處境。

「你知道事情遲早會走到這一步的，蛤蟆。」獾沉著臉說明：「你對我們給予你的警告全然置之不理，任意揮霍令尊留給你的金錢。同時因為你橫衝直撞地飆車、撞車、和警察吵架，使得我們動物在這一帶的名聲越來越壞。獨立固然非常好，但我們動物絕不容許自己的朋友胡鬧得太過分；而你實在鬧得太不像話了。唔，你在很多方面都不錯，我也不想太過苛責你。我會再盡一次力讓你明白事理。你隨我到吸菸室裡來，聽聽一些有關於你自己的事實；我們再看看，從那裡頭走出來的蛤蟆是否和進去前一個樣。」

堅定地拉著蛤蟆的手臂，把他帶進吸菸事裡，隨即將門關上。

「沒用的！」河鼠輕蔑地說：「和蛤蟆談談永遠治不了他的毛病。他有一大堆理由好說。」他們舒舒服服地坐到搖椅上，耐心地等著。透過緊閉的房門，他倆只能聽到獾嗡嗡不斷的聲音，和起起落落的說教聲浪。不久，他們注意到訓誡聲音開始不時被長長的嗚咽聲打斷。這嗚咽之聲顯然出自蛤蟆的胸臆。他是個心腸軟又易感的傢伙，十分容易——就此刻來說——因任何觀點而來個一百八度轉變。

約莫經過三刻鐘左右，那扇門開了，獾由垂頭喪氣、沒精打采的蛤蟆牽著出來。蛤蟆的皮膚鬆垮垮地垂在身上，兩腿站都站不穩，臉上佈滿了被獾那番動人談話勾引而出的淚水。

「蛤蟆，到那邊坐下。」獾指著一把椅子說。「朋友們，」他接著表示：「我很高興地通知兩位，蛤蟆終於瞭解他的錯處了。他真的很為自己過去誤入歧途的行為難過，也已擔保從今以後永遠不再碰汽車。我已要他鄭重立誓保證。」

「那真是個天大的好消息！」鼴鼠莊重地說。

「的確是個很好的消息；」河鼠將信將疑地表示：「只要——只要——」

他邊說邊十分認真地仔細打量蛤蟆，不得不認為從對方那依然含帶悲傷的眼神中，隱約還透露出一點閃爍的味道。

「現在只剩下一件事要做。」獾滿意地吩咐：「蛤蟆，我要你把剛剛在吸菸室裡對我全盤招認的話，鄭重地在你這兩位朋友面前重複一遍。第一，你是否後悔過去的所做行為，瞭解到那有多愚蠢？」

一陣長長、長長的緘默。

蛤蟆一臉絕望地望向他們，而他們則肅靜地等著。終於，他開口了。「不！」他的口氣雖有點窒悶，但卻十分強硬。「我不後悔。而且那一點也不愚蠢！它光榮極了！」

「什麼！」獾既震驚又憤慨地，大聲吼著：「你這墮落的動物。你剛剛不是才告訴我，就在那——」

「噢，對，對，在那裡？」蛤蟆不耐煩地說：「在那裡我什麼話都會說出口。你的話是那麼滔滔不絕，親愛的獾，又是那麼感人，那麼具有說服力，把你的每個觀點都說得那麼好得嚇死人——你知道，在那裡你可以愛拿我怎樣就怎樣。但在那之後我捫心自問，把事情又反覆想了一遍，就發現其實我一點也不後悔難過，所以就算嘴巴上那麼說也沒半點用；喏，對不對？」

「那麼你不保證，」獾問：「以後不再碰汽車嘍？」

「絕不！」蛤蟆鄭重強調：「相反的，我真心發誓，只要讓我看見第一輛車，噗——噗！我馬上坐了就跑！」

「早告訴你了，不是嗎？」河鼠對鼴鼠表示。

「很好，那麼，」獾站起身來，堅定地說：「既然你不聽勸，我們只有試試靠武力執行。我一直擔心非得走到這一步。蛤蟆，過去你常邀我們過來，在你這棟漂亮的屋子裡住上一段時間。好極了，現在我們就決定住下來。等將你徹底改造成功之後我們自會告辭，但在那之前絕不離開。你們兩個，帶他上樓，把他鎖在他的臥房裡，然後咱們來安排一下各人的任務。」

「蛤蟆，你知道，這全是為了你好。」河鼠一面和顏悅色地說，一面和鼴鼠把拼命踢腿掙扎的蛤蟆往樓上拖：「想想，等你完全克服這——這陣令人痛苦的突發病症後，我們大家會一塊兒

過得多快活；就跟以往一樣。」

「在完全治好你的毛病以前，我們會非常用心地為你照料一切，」鼴鼠說：「還會負責讓你別像原來一樣亂花錢。」

「再也不會發生那些和警方扯上關係的遺憾事件了，蛤蟆。」河鼠邊說，邊協力將蛤蟆推入他自己的臥房。

「也不會再一連住院好幾個禮拜，聽候那些女護士指揮了，蛤蟆。」之後，鼴鼠補充一句，鎖上鑰匙。

他倆走下樓梯，蛤蟆透過鑰匙孔對他們大聲謾罵，而三位好友則接著針對眼前情況開會共商大計。

「這件事情可有得耗了，」獾歎著氣說：「我從沒有見蛤蟆態度這麼堅決過。總之，我們還是會解決的。蛤蟆一分一秒都得有人看守著。咱們得輪流陪伴著他，直到他體內的毒素完全排除為止。」

於是，他們排班看守。每天晚上輪流由一隻動物到蛤蟆房間過夜，白天則劃分時段輪值。一開始，蛤蟆顯然令這三位用心良苦的守衛吃足了苦頭。當他的毛病突然劇烈發作時，他會用臥室裡的椅子拼成汽車形狀，然後蹲伏在最前面一把椅子上，兩眼定定直視前方，發出粗魯可怕的聲音，並且翻個三百六十度的筋斗達到最高潮，然後趴在那堆椅子殘骸間。這一刻，他顯然徹底滿足了。然而，隨著時間流逝，這些痛苦的發作也漸漸不再那麼頻繁了，而三位好友更全心全意致力於將他的心思導引到新的方向。只是他對其他事務似乎並未恢復興趣，人也越來越顯得頹喪消沉了。

一個晴朗的早晨，輪到值班的河鼠上樓去接替獾，只見他正坐立不安地急著要換班，好走段遠遠的長路到他的林子附近、地下府邸、和樹洞裡到處溜溜腿。「蛤蟆還沒下床，」他在門外告訴河鼠。「除了：『噢，別理我；我什麼也不要；也許我馬上就會好些了；不久之後一切都會過去的；用不著太過擔心。』等等，什麼話也不吭一聲。喂，留神點兒，河鼠！一旦蛤蟆安安靜靜、服服貼貼，扮演起主日學獎模範得主時，就是他最詭計也多端的時候，準定會出什麼事情。我太瞭解解他了。好啦，現在我非得快走不可嘍。」

「你今天好嗎，兄弟？」河鼠走近床頭，愉悅地詢問。

他等了好幾分鐘，才得到一段軟弱無力的回答：「非常謝謝你，親愛的河鼠！聽你這麼關心真受用！不過你先告訴我，你自己好嗎？還有了不起的鼴鼠好嗎？」

「哦，我們都很好。」河鼠答完又補充：「鼴鼠和獾出門四處逛逛去了，要到午餐時間才回來，所以你我兩人將共度一個愉快的早晨，我也會儘量讓你開心。現在，快跳下床來吧，這才是好兄弟。這麼晴朗的早晨，你可別老這麼悶悶不樂地躺在床上喲！」

「親愛的，好心的河鼠，」蛤蟆喃喃不清地說：「你真不了解我的健康狀況啊，現在的我怎麼可能『跳』得動——要是能就好嘍！不過千萬別為我操心。我討厭成為朋友的負擔，也期盼以後不會再是。事實上，我真希望自己不是。」

「唔，我也希望。」河鼠由衷表示：「這段時間以來你一直是我們的大麻煩，我很高興這情形就要停止了。而且是在這麼好的天氣，又正值划船季剛要展開的時候！蛤蟆，你真是太差勁了！麻煩我們倒是不怕，可是你害我們錯失好多美時光哩！」

「可是，我就擔心你們介意的還是麻煩。」蛤蟆慨慨懶懶地說：「我完全能夠理解。這是很自然的。你們厭倦了成天為我操心，無論如何我都不能要求你們再為我做什麼了。我知道，我是個麻煩的討厭鬼。」

「不錯，你的確是。」河鼠說：「但我告訴你，只要你肯當隻明智的動物，天大的麻煩我都願意替你擔。」

「早知道這樣，好河鼠，」蛤蟆喃喃的低語更加孱弱無力了：「我就會央求你——也許是最後一次了——儘快趕到村子那邊——即使現在恐怕已經來不及——請個大夫來。不過你還是別費心了。這不過是一點小毛病罷了，也許我們最好乾脆聽天由命。」

「咦，你找醫生做什麼？」河鼠問著，湊上前去察看他的情形。他的確動也不動、直挺挺地躺在那兒，聲音也更加虛弱，容貌神態都變了個樣。

「近來你當然注意到了——」蛤蟆哼哼唔唔地說：「不——你何必要注意？注意事情只會添麻煩。到了明天，真的，你或許會對自己說：『噢，要是我早點注意到就好嘍！要是我採取點什麼行動就好嘍！』可是不；那是件麻煩。別放在心上——忘了我的要求吧。」

「聽著，老弟，」河鼠慌了：「要是你真的認為自己需要個大夫，我當然會替你找來。但你情形還不到那麼糟。咱們來談點別的好了。」

「恐怕，親愛的朋友，」蛤蟆露出悲傷的笑容：「這種情形『談話』是幫不上什麼忙的——或者，連大夫也一樣。然而，只要有一縷希望，誰都得牢牢抓住。另外——在你去請大夫的時候——我討厭給你多添麻煩，只是剛好想起你會路過——可否麻煩你同時把律師請來？這會讓我省好多事。有些時刻——也許我該說是有一個時刻——一個油盡燈枯的人必須不計一切去面對某些不愉快的工作！」

「律師！噢，他的情況一定真的很糟糕！」被嚇壞了的河鼠暗自想著，匆忙離開房間。不過，仍未忘記小心將門鎖上。

到了外頭，他停下腳步三思。另外兩位朋友都遠在好遠一段距離外，眼前沒人可商量。

「還是謹慎點的好。」經過深思熟慮後，他想：「我知道以前蛤蟆曾無緣無故幻想自己情況糟得不得了，但從未聽過他要求找律師！假設沒有什麼真正的大毛病，律師會告訴他說他是庸人自擾，同時鼓舞他——這樣多少還是有點收穫。我最好順他的意思走一趟；反正要不了多久。」於是，他便好心地跑往村子裡去了。

一聽到鑰匙在鎖孔轉動聲音就輕快跳下床的蛤蟆，站在窗口迫不及待地看著他從車道跑得不見影子。然後開懷大笑，儘快穿上他這時候所能找到最時髦的服裝，從梳妝檯的一個小抽屜裡抓出大把鈔票，塞滿各個口袋。接下來把床上的被罩、床巾一條接一條以地打結編成一串，再將這條就地取材的繩索一端，繫在構成他寢室特色的都鐸式華美窗戶直櫺上，爬出窗戶輕巧地滑落地面。然後帶著愉快的心情，吹著歡樂的旋律，朝著和河鼠相反的方向大踏步離開。

等到獾和鼴鼠終於歸來後，河鼠吃了一頓悶悶不樂的午餐。他必須在餐桌上面對他倆，說出這段既悲哀又不具說服力的故事。獾那一番挖苦——且不說是無情——的評語大約是意料中的事，因此倒也罷了。然而真正叫河鼠痛苦的是就連鼴鼠，雖然儘可能站在好友這邊，卻也忍不住說上一句：「河鼠啊，這回你可有點兒編造事實嘍！蛤蟆也是；全世界上最會編謊的一個！」

「他說得活靈活現，像真的一樣。」垂頭喪氣。

「他的話對你來說像真的！」獾暴跳如雷地回應。「總之，光談也無補於事。這會兒，他絕

對早已跑得遠遠的。最糟糕的是，他一定會因此而自我膨脹得厲害，以為自己有多麼聰明，什麼蠢事都能做得來。唯一值得安慰的，是我們現在自由啦，用不著再浪費任何寶貴的時間去站崗。不過大家最好再多在蛤蟆府裡留宿一段時間。他隨時可能會被送回來——也許躺在擔架上，也許被兩名警察挾著。」

獾的話雖這麼說，卻不知究竟要到哪一天，或者要等有多少水、多少的沉積從橋下流過，蛤蟆才會再輕輕鬆鬆坐在祖先留下的府邸裡。

這個時候，無拘無束、心胸開懷的蛤蟆正在離家好幾哩外，輕輕快快地沿著大馬路走著。最初他走的是迂迴偏僻的小路，越過許多田野，更改好幾次路線，以防後面有人追捕。但現在，他感覺到已經沒有再被捉回去的危險了，陽光又在對他朗朗地微笑，整個大自然也加入和聲，附和他在內心唱給自己聽的自誇曲。躊躇滿志、得意非凡的蛤蟆，簡直要沿著馬路跳起舞來啦。

「真是件傑作！」他笑咯咯地自我評論：「腦力對付蠻力——腦力大獲全勝——天生註定的。可憐的河鼠！天！不到獾回來，他還不會明白呢！河鼠，一個可敬的朋友，許多優點，可惜沒啥智慧，又絕對不曾受教育。改天我可得照應照應他，看看能不能讓他成點器。」

他裝滿了一肚子諸如此類的自負想法，腦袋裡胡思亂想地一路昂首闊步來到鎮上，看到「紅獅」的布招在對街的大路中央迎風招搖，這才想起今天還沒吃早餐。再加上走這麼長的一段路，肚子早就餓扁了。他走進客棧，從立刻能夠上桌的菜色中點了最好的來，坐在咖啡廳裡享用這一餐。

就在他飯菜吃到一半，一陣熟得不能再熟的聲音從街上漸漸靠近，令他猝然一躍而起，再渾身顫慄地坐下。那噗—噗之聲越來越近啦！他聽出車子繞進客棧的車場停下，非得緊緊抓住桌腿才能掩飾他那無法自主的激動。不一會兒，一群飢腸轆轆、愉快健談的客人進了咖啡廳，滔滔不絕地大談這一早上的經歷，還有那輛舒舒服服載著他們四處翱遊的轎車。蛤蟆全神貫注、豎著耳朵熱切地聽了好一陣子，終於再也忍不住了。他悄悄溜了出來，到櫃檯結完帳，一出大門馬上悄悄快步繞到客棧的車場。「我只是看看它，」他心中暗想：「不會出什麼差錯的！」

轎車停在場地的中央，完全沒人照料，管車的助手和其他食客都在吃午餐。蛤蟆緩緩繞著它走，邊細看，邊評論，邊深深沉思默想。

「我懷疑，」他立即自言自語：「我懷疑這種車子不知是否容易發動？」

緊接下來，他發現自己已經鬼使神差地握住方向盤，正在轉動它。那熟悉的聲音一響起，往日的熱情馬上捉住蛤蟆並且主宰他，徹底支配他的身體和靈魂。他發現自己像在做夢一樣，莫名其妙地坐上駕駛座，拉下排擋桿，把車繞著院子開出了拱道。

然後，彷彿在夢中似的，所有是非對錯的觀念，所有對於不妙下場的恐懼，似乎全都暫停

了。他加快車速。當汽車衝過整條街，在大馬路上風馳電掣地穿越開闊的田野。他只意識到自己又是蛤蟆了；至高無上、卓越無比的蛤蟆，是鎮壓交通的銜頭霸王蛤蟆；是荒涼小徑上的上帝。在他面前誰都得乖乖地讓路，否則就會被撞得一命嗚呼，永遠不見天日。他邊飛馳邊哼歌，車子也發出響亮的嗚嗚聲響相呼應。他飛也似地衝過一哩又一哩，只顧滿足本能，貪圖一時之快，既不知道、也不理會將會落入什麼下場。

「依我看，」全體地方法官主席愉快地評斷：「這件案子的案情已經十分明朗了。唯一的難題是：該要怎樣判決此刻在我們面前像鴨一樣縮著脖子這個怙惡不悛的無賴、冷酷無情的流氓，才算夠嚴厲。我來瞧瞧：依據最明顯的證據，顯示他有以下罪行。第一，偷竊一部名貴汽車；第二，危及公共安全的駕駛；第三，對於鄉間警察無禮莽撞。書記先生，請告訴我們，對於這些犯行，我們各自能施以什麼最嚴厲的刑罰。當然，用不著假設嫌犯無罪，因為他已罪證確鑿。」

書記官用他的鋼筆搔搔鼻子。「有些人會認為，」他表示：「最嚴重的罪行是偷車；事實也是如此。但刑罰最重要的無疑是侮辱警察這一項；而這也是應該的。我們假設偷竊判刑十二個月，這是薄懲；飆車監禁三年，這是相當寬厚的；至於蠻橫無禮判決十五年——根據證人陳述，就算只聽信其中十分之一，也是極為嚴重的侮辱行為，而我也只相信這十分之一——這些數字，如果正確加起來，總計共是十九年——」

「好極啦！」主席說。

「——因此，經過慎重考慮，你最好判他個二十年整數。」書記官總結。

「非常棒的建議！」主席嘉許。「犯人！打起精神！起來肅立站好！這一次判你坐二十年的牢！記住，要是下次你再因任何控訴出現我們面前，我們絕對從重量刑！」

於是，兇狠的警察們一起朝倒楣的蛤蟆撲來，給他鍰上手鐐腳銬，拖著一路尖叫、哀求、抗議的他離開法庭，穿過市場。在這裡，諧謔的大眾一向對只是被「通緝」的嫌犯寄予同情和幫助，但對業經查明罪行的犯人卻相當嚴苛，紛紛對他擲以嘲笑、胡蘿蔔、還有時下流行的口號。經過那些大呼小叫奚落人的學童面前時，他們純真的臉蛋無不紛紛笑逐顏開，因為目睹紳士受難是他們的一大樂趣。

接著，從如釘床般的升降閘門下走過響著空洞聲音的吊橋，頭頂上是一座陰森古堡隆起的拱廊，古老的尖塔巍巍地聳立。然後通過一間間警衛室，裡頭擠滿掛著不懷好意笑容的士兵。通過帶著惹人生厭的嘲諷樣子咳嗽的哨兵面前；因為站崗中的哨兵們只敢以這樣的方式表現自己對罪犯的輕蔑和憎惡。而後踏上老舊的迴旋梯，行經全身鋼盔鐵甲的武裝士兵身前，士兵們威脅的目光從面罩下射出；穿過院子時，凶惡的獒犬一隻隻繃緊皮帶、奮力前擲，張牙武爪地想要攻擊他；經過舊式的獄吏身旁，他們的戰戟倚強而立，自己卻對著一張餡餅、一壺黑麥酒打盹；走啊走的，他們路過拉肢刑室和絞指刑室，路過要通往隱密絞刑臺的轉彎口，一直來到位於最裡面的那座監獄中心裡，最陰森的地牢門口，終於在這個地方停下腳步。一名老邁的獄卒正坐在那兒，用手指撥弄著一大串鑰匙。

「媽的！」警官摘下頭盔，指指額頭。「快起來，老傻瓜，接下我們手中這個萬惡的蛤蟆；

一名無惡不作、詭計多端的罪犯。使出你所有的看家本領看牢、關好他。聽清楚了，灰鬍子，萬一出了什麼大麻煩，你的腦袋可就得替他賠上——兩顆腦袋都不保！」

獄卒沉著臉點點頭，把一隻皺巴巴的手搭在可憐兮兮的蛤蟆肩頭。生鏽的鑰匙在鎖孔裡卡啦一響，巨大的牢門在他們身後砰然關上。蛤蟆於是就成了整個快樂的英國國度中最堅固的一座城堡裡，守備最森嚴的一座堅獄裡頭最深邃的一間地牢內，一個永無翻身之日的囚犯。

# 第七章・黎明大門前的吹笛人

柳林間一隻鷦鷯藏身在河岸上最陰暗的邊緣，正啁啁啾啾唱著他細碎的小曲。儘管時間已過晚上十點，逝去的白晝依然留下餘暉，戀戀地留連在天邊；而炎炎午後的窒悶熱氣，則在短短仲夏夜清涼手指驅離的碰觸一波波瓦解、退去。

鼴鼠張開四肢躺在河岸上，經過從黎明到日落，烈日當空、萬里無雲，難捱的一天，他還兀自張著嘴猛喘氣，等著好友回來。今天他一直和幾個同伴逗留在河上，讓河鼠無牽無掛地去履行和水獺訂了很久的約。等他回到家中，只看見屋子裡黑漆漆地空無一人，不見河鼠的影響，準是一直留在老夥伴那兒還沒有回來。天還太熱，想到待在屋子裡面就難受，因此他便躺在幾片涼爽的羊蹄葉下，回想過去這一整個白天和一天裡所做的事，都是多麼美好啊！

不一會兒，他聽見河鼠輕盈的腳步踏著枯草走過來。「噢，多難得的清涼啊！」他說著坐了下來，若有所思地凝視著河流，心事重重，默不作聲。

「你自然是留在那邊吃晚餐囉？」鼴鼠立即探問。

「不留不行。」河鼠說：「晚餐之前，他們說什麼也不肯讓我告辭。你是知道他們一向有多親切。而且直到我離開以前，他們一直像以前一樣儘量讓我覺得快快活活。可是我卻始終覺得好殘忍；因為儘管他們拼命掩飾，我還是清楚感受到他們非常不快樂。鼴鼠，我擔心他們有麻煩。小胖又失蹤了；儘管他父親嘴上從不多談，可是誰都看得出來他是多麼牽掛那孩子。」

「什麼，哪個孩子呀？」鼴鼠不以為意地說：「喂，就算他又失蹤好了，何必那麼擔心呢？他老是走啊走的就走丟了，沒多久就會再出現。他太富有冒險精神了嘛；可是從來也沒當真出過什麼事兒。這附近每個人都認識他也喜歡他，就像喜歡水獺一樣，所以你放一百二十個心，保證會有哪隻動物碰見他，平平安安地把他帶回來。喂，我們自己就曾經在離家好幾哩路外，發現開開心心、泰然自若的他哩！」

「沒錯；只是這次情況嚴重多了。」河鼠臉色凝重地說：「他到現在已經失蹤好幾天，水獺遠遠近近、到處尋遍了，連一點點最細微的痕跡也沒找著。另外，他們也問過方圓好幾哩內每一隻動物，誰也不曉得他的訊息。水獺嘴巴上不承認，心底卻焦慮得很。從他那兒得知，小小胖泳技還不太純熟，而且看得出來他想到河堰。仔細想想，每年這個時候水壩那邊都還有很多水沖下，也一直都是孩子們非常著迷的地方。再說那邊有很多——唔，陷阱之類的——你知道。在還不到需要緊張兮兮的時候，水獺是從來不會為他任何一個孩子大驚小怪的。在我離開時，他陪著我出門——說是要透透氣什麼的；還談到什麼舒展筋骨。可是我看得出來其實不是這麼一回事，所以就一點一滴向他探問實情，終於全部給問出來了。他打算整夜守在淺灘那邊。你知道過去在橋築起來以前，大家涉水過河那片淺灘吧？」

「我太清楚了，」鼴鼠說：「但水獺為何挑在那個地點守望呢？」

「嗯，好像因為那是水獺第一次教導小胖游泳

的地方；」河鼠接著往下說：「就在河岸附近那個碎石岬淺灘。那是他過去教小胖釣魚的地方，小胖也在那兒釣到第一尾魚，並十分引以為傲。那孩子深愛那個地點，因此水獺認為要是他從任何地方流浪回來——要是他此時此刻在任何地方：可憐的小傢伙——很可能會往他深愛的淺灘走；或者若是他途經該處想起許多往事，說不定就會停下來玩一玩。所以水獺每晚都過去守望——圖個希望，你知道，只為圖個希望！」

他倆沉吟半晌，心裡想的都是同一回事——那隻孤獨心酸的動物，整個漫漫長夜蹲在淺灘邊望眼欲穿——只為圖個希望。

「算啦，算啦，」不久，河鼠開口說：「我想咱們也該進屋裡去了。」可是，卻沒有一點想要挪動身體的意思。

「河鼠，」鼴鼠說：「我沒辦法什麼都不做，就這樣進屋、上床、睡覺；即使我們似乎也沒有什麼可做的。我們先去把船撐出來，然後溯溪往上划。再過一個鐘頭左右月亮就會出來了，到時我們可以盡全力到處搜索——無論如何，那總比什麼也不做就跑上床睡覺好得多。」

「我自己正是那麼想的。」河鼠說：「不管怎麼說，這不是個該上床睡覺的夜晚，再說，距離破曉也並非那麼遙遠，到時候我們可以沿路向早起的人打聽些他的消息。」

他們把船盪出來。河鼠手操雙槳，小心翼翼地划動。溪流中心有條窄窄的水道，依稀映照天空；但其他不管什麼地方，落在水面的河堤、灌木、大樹影子看起來都和河岸本身很相似，鼴鼠只好依據自己的判斷來掌舵。縱然夜色是那般幽暗荒涼，天地間仍然充滿了許多微小的聲音。歌聲、吱喳細語聲、窸窣摩擦聲，說明周遭仍有不少勤奮的小居民在終宵從事他們的交易和職業，直到陽光終於照到他們身上，打發它們享受應得的休息。流水本身的聲響也比白天更加突顯，「潺潺」、「淙淙」的水聲更加近得出乎意料；而他們更是不斷被某個像是出於一個真正能夠清晰發音的嗓子、突如其來的清楚呼喚猛嚇一大跳。

對照著天空，地平線明顯又清楚。在某個一點銀色磷光越升越高的段落裡，它益發顯得烏黑一片。終於，一輪明月尊貴地自滯留的大地邊緣緩緩升起，漸漸完全脫離地平線而去，不再受牽絆。這時他們才再度看到地表——廣佈的草坪，寧靜的花園，從此岸到彼岸的河流，全部輕柔地揭去黑面紗，洗去所有的神祕和恐怖，恢復白天的絢麗與璀燦；然而兩者之間又有極為巧妙的不同。他倆時常出沒的老地方換了一身打扮束和他們打招呼。彷彿它們曾偷偷溜走，換上全新的衣服再悄悄回來，帶著微笑，含羞帶怯地等著看看換了新裝，人家是否還會認得它。

兩位好友把小船繫在一株柳樹邊，踏上這片無聲的銀色國度，耐心地搜遍所有樹籬、空心大樹、地道和它們的小涵洞，以及水溝和乾涸的水道。然後重新上船划到對岸，按照這個方式往溪流上游尋去。而安詳高掛在萬里無雲天空中的月亮雖然相隔那麼遙遠，卻也傾其所能地協助他們的搜尋。直到她的時刻已到才不情不願地告別他們，朝著大地沉落，讓神祕再一度籠罩大地與河流。

這時變化慢慢呈現了。地平線變得更清晰，田原和樹木看得更分明，只是風貌不同了；神祕的外衣開始從它們身上脫落。一隻小鳥突然引吭高歌，然後持續唱個不停；一陣微風吹起，搖得蘆葦、香蒲沙沙響。倚在船尾，暫時交由鼴鼠划船的河鼠突然挺身坐正，情緒激動地豎起耳朵凝神細聽。一直輕輕搖動船槳，好讓他在仔細掃瞄兩岸之餘維持船隻移動的鼴鼠，莫名其妙地盯著河鼠看。

「消失了！」河鼠嘆口氣，靠回他的座位上。「多麼美妙、奇特而新穎！由於它結束得如此快，我幾乎希望自己根本沒聽見。因為它撩起我心中一股令人痛苦的渴望，彷彿除了再度聽到它，永永遠遠聽著它，其他任何事情都毫無意義了。不！它又出現啦！」他嚷著，再一次全神貫注。著迷的他，像中了邪一樣，好久好久不出半點聲。

「現在它又漸漸消逝，我就要失去他了。」他說：「噢，鼴鼠！多麼美妙呵！輕快的潺潺流水配合著遙遠的笛聲，歡悅、纖細、清亮、快樂的呼喚！我做夢都沒想到會有這麼美好的音樂，儘管音樂輕柔，其中的呼喚卻更強烈！划啊，鼴鼠，快快划！因為那音樂與呼喚必是為我們而響起。」

滿肚狐疑的鼴鼠照著他的話做了。他說：「我自己什麼也沒有聽見，只聽到風在蘆葦、柳條、和燈蕊草間嬉戲。」

不管河鼠有沒有聽到，他一句話也沒回答。此時的他正心移神馳、渾身顫慄、莫名地狂喜，所有的知覺全為那擄獲他無助心靈的新奇、神聖之物所執迷。就像一個毫無力氣卻又幸福的嬰孩躺在強而有力的臂膀裡，他的靈魂被那非凡的東西握在手中，任其搖撼、幌動。

鼴鼠默默地繼續划動小船，很快便來到河道分歧、一脈長長迴流岔向另一方向的地方，早已被放掉的船舵的河鼠指揮鼴鼠把小舟划往迴流。天光一波一波往上升。現在，他們可以看出河流旁過點綴的鮮花顏色了。

「更清晰，更靠近，」河鼠欣喜地表示：「現在你一定聽到了！啊——總算——我看你是聽到了！」

鼴鼠呆若木雞，屏著氣，停止搖槳，任快活的笛聲像波浪般朝他沖激，將他捲住，完完全全支配了他。他看見夥伴頰上沾著淚珠，低垂著頭，心領神會。他們在那地方滯留了好一會兒，岸邊的紫花馬鞭草輕拂著他們。這時聲聲清晰的迫切召喚，伴著令人悠然神往的旋律強行向鼴鼠宣告他的旨意，於是他又機械式地彎腰搖起船槳。天色越來越明朗，卻沒有一隻小鳥像平日黎明將近時般歌唱；除了那飄飄仙樂，萬物皆寂寂。

當他們溯溪而上，那天早晨，兩畔的茂草彷彿清翠鮮綠得無與倫比。他們從未發現玫瑰這般鮮艷，柳枝如此茂密，珍珠花開得這麼芬芳滿地。這時空氣中開始充塞著漸行漸近的水壩咕嚕咕嚕聲。他們下意識裡感覺到，不管他們此行來的目標是什麼，它正等著漸漸靠近的他們去探索。

寬闊的半圓形水泡，粼粼的水波，加上碧綠河水閃閃發亮的肩翼，大水壩將迴流由這岸到那岸完全封起，以轉動的漩渦和漂浮的泡沫線擾亂整片平靜的水面，用它莊重而具有鎮靜之力的轟隆水聲隔絕其他所有的聲響。溪流的正中心，一座小島定定躺在水壩閃耀的展臂擁抱裡，島的四周密密圍繞著綠柳、銀樺和赤楊。不管它那紗帳之後藏匿著什麼，它羞怯、緘默、但意味深長地將它保留到時機到來。時候一到，那些受到召喚和挑選的人便隨之而來。

兩隻小動物緩緩、卻毫無半分懷疑和猶豫地，帶著某種莊嚴的期盼，通過洶湧的水流，把小船停泊在花開似錦的島嶼邊緣。他們靜靜上岸，撥開一路生長到島上平地的花海、香草、矮樹叢前進，最後站在一片綠得叫人驚歎的草坪，周圍都是大自然自己的果樹——山楂子，野櫻桃，還有野梅樹。

「這就是我歌之夢境的所在地，吹奏音樂喚我的地方，」河鼠彷彿失了魂，輕輕說道：「這裡，就在這個神聖的地方，如果世上有任何地方可以找到祂，那麼必定是這裡！」

這時，鼴鼠忽然覺得一股巨大的敬畏向自己襲來。這股敬畏令他的肌肉柔弱無力，讓他的頭低垂，使他的雙腳根立於地上不能動彈。那不是驚懼——事實上，他覺得安詳快樂得出奇——而是一股襲擊他、並且掌握了他的敬畏，不用看他也知道那只意味著一件事——有位尊貴崇高的精靈距離他們很近，很近。他艱難地扭頭尋找他的朋友，看見他驚心喪膽地站在自己身旁，劇烈地顫抖。周遭棲著飛禽的茂密樹枝間依然一片寂靜；而光線也依然越來越亮。

說不定，他將永遠不敢抬起視線。然而，雖然現在笛聲已岑寂，召喚的呼聲似乎依然專斷而有支配力。就算死神正等著馬上打擊他，他也無法拒絕用臨終的目光去看那些深藏不露的東西一眼。他哆哆嗦嗦地聽從了那呼喚，抬起卑微的頭來；就在此刻，正當大自然女神滿面煥發著不可思議的紅光，彷彿是屏著氣期待這件事的時候，他在即將到來的黎明清亮的曉色中，和朋友與幫助者（按潘神❶）四目相遇，看見一對彎彎的雙角向後彎曲，在漸漸明亮的曙光中閃閃生輝；看見逗趣地俯視著的那雙親切眼睛之間嚴峻的鷹鉤鼻，長著鬍鬚的嘴巴兩邊嘴角微微掛著笑意；看見橫擺在寬闊的胸前那隻手臂上塊塊隆起的肌肉，而柔軟的長手依舊握著剛剛離開張開的雙唇之間那支牧神笙；看見那優雅閒適地倚靠在草皮上的毛篷篷雙腿完美的曲線，而就在祂的雙蹄間，依偎著那愜意安詳地酣睡著的圓滾滾、胖嘟嘟、短短小小、孩子氣的水獺寶寶。就在那屏氣凝

❶潘神：希臘神話中的畜牧、田野、森林之神，人身羊角、羊鬚、羊足。

神、心情緊張的一瞬間，他在晨光之中栩栩如生地看到這一切；而，正因他看見，所以他是活著的；而，正因他活著，所以他驚奇。

「河鼠，」他好不容易打著抖，發出一絲聲音：「你害怕嗎？」

「害怕？」河鼠眼中閃著無可言喻的愛，喃喃說道：「害怕！怕祂？噢，絕不，絕不，然而——然而——噢，鼴鼠，我是害怕！」

兩隻動物當下匍匐在地，俯首膜拜。

突然，太陽的大金輪壯麗地出現在面對他們的地平線上方；最初的幾道光線射過齊平的水草地，直接照到兩隻動物的眼睛，扎得他倆眼花撩亂。等到他們能夠再次看清東西時，幻影已消失，四周充滿了鳥兒們向黎明歡呼的歌頌。

他們茫然注視，慢慢瞭解到自己所看見的一切與失落的一切，隱隱約約的愁慘漸漸加深。一陣善變的細細輕風自水面起舞，搖幌白楊，抖動帶露的玫瑰，輕輕吹拂他倆的臉龐，在它柔柔的撫觸下，他們立即忘卻方才的一切。因為這是那慈愛的神人臨別之際，細心賜予這兩位協助他現身的動物最好的禮物：遺忘的禮物；以防那敬畏的記憶留在心中持續滋長，為他們的喜悅和歡笑蒙上陰影。終日縈繞的回憶將會破壞這些小動物的後半生。遺忘，是為了讓他們像從前一樣無牽無掛、快快樂樂。

鼴鼠揉揉眼睛，盯著正困惑地四下張望的河鼠。「抱歉，河鼠，你說什麼？」他問。

「我想我只是正說到，」河鼠緩緩說道：「應該就在這種地方。倘若說我們能在任何一處找到他的話，一定就是這裡。喂，瞧！他在那裡；那個小傢伙！」他高興地大叫一聲，朝熟睡中的小胖跑去。

但鼴鼠卻動也不動地佇立了一下，陷在思索裡。就像一個突然在美夢中被叫醒了人，努力想要回憶夢境，卻什麼也無法重新捕捉住，只留下一抹朦朧的美妙意識；美妙！直到那份美妙也慢慢消褪了，做夢的人才悲痛地接受這冷酷的甦醒，以及它的所有痛苦；因此，鼴鼠在與他的回憶短暫奪鬥後，終於黯然搖搖頭，追在河鼠的身後。

小胖在一聲快活的尖叫中清醒，一見兩位過去常常陪伴他嬉戲的父親好友，馬上高興得全身扭來扭去。然而，轉瞬之間他又變得一臉茫然，開始帶著哀求的嗚咽繞著圈子團團轉尋覓。就像一個原本躺在保姆懷抱中快樂沉睡，醒來時卻發現自己孤零零被擱在一個陌生地方的孩子，尋遍每個牆角和櫥櫃，一個房間跑過另一個房間，失意絕望逐漸在心中悄悄擴張。小胖也像那樣，孜孜不倦，固執地在整座小島上面再三地搜尋。終於，絕望的時刻到了，他放棄努力，坐在地上傷心地放聲大哭起來。

鼴鼠快步跑上前來安慰那隻小動物；但河鼠卻是徘徊躊躇，疑惑地對著深深印在草皮上的某些蹄痕注視良久。

「有——大——動物——到過這裡。」他思索著一字一字喃喃低語，站在那兒冥想，冥想，心思莫名地騷動。

「過來呀，河鼠！」鼴鼠呼喚：「想想可憐的水獺還在淺灘那邊等著呢！」

小胖在可以坐上河鼠那艘道地小船遊覽的承諾下，很快就收住淚水。兩隻動物把他帶到水畔，安安穩穩地把他放在他倆之間的船底，順流划到回流。

這時太陽已經完全升起，熱烘烘地照在他們身上。鳥兒們無拘無束地開懷高歌，兩岸的鮮花迎面點頭微笑，然而不知怎的——兩隻動物心裡想——總不如依稀記得在某處——他們不知究竟在何處——才剛看過不久的那般鮮艷奪目。

船隻划回河的主流，他們掉轉船頭沿著小溪向上划，朝著他倆知道好友正在孤獨守候的方向前進。小舟行近那片熟悉的淺灘，鼴鼠把船划到岸邊，與河鼠合力將小胖抱下來放在縴路上，指示他該往哪個方向走，然後親切地拍拍他的背告別，再把船盪回溪心。他倆目送著那小傢伙歡心快意、神氣地大搖大擺沿著小徑走；目送著那小傢伙，直到看見他的鼻尖突然朝天仰，像是認出了什麼一般，嘴裡尖聲嗚咽，全身扭來扭去，大搖大擺的走路姿勢在加緊腳步之間變成跌跌撞撞的拙態。仰視河流上游，他倆可以望見默默蹲在淺灘耐心守候的水獺猛然一躍而起，動作緊張而僵硬，還可以聽到他衝過柳樹林子奔上小徑時，歡欣訝異的大吼。鼴鼠隨即用力地划下一支船槳。小船掉頭，聽任飽漲的溪水將他們順流載往何處。現在，他們的搜尋終於畫下快樂的句號。

「河鼠，我覺得出奇疲倦。」小舟漂流中，鼴鼠懶懶地靠在他的船槳上，說：「或許你會說，我們熬了一整個晚上；但那沒什麼。在這樣的季節裡，我們一週之內總有三四個晚上是通宵不寐的。不，我覺得我仍彷彿經歷過某件十分刺激而又可怕的事，事情才剛過去而已；但卻又沒有哪樁特別的事曾發生過。」

「或者是件十分驚奇、壯麗、美妙的事情。」河鼠喃喃說著，闔上雙眼往後靠：「鼴鼠，我的感覺和你一模一樣；雖然不是肉體上的疲倦，但就是累得要命。幸好我們有小溪，可以把我們送回家裡去。再次感受到陽光滲透到骨裡，可不是暢快極了嗎！再聽聽，風在蘆葦叢裡遊嬉！」

「就像音樂——遙遠的音樂。」鼴鼠昏昏欲睡地點頭。

「我也這麼想。」河鼠像在做夢般懨懨無力地呢喃：「是舞樂——那種旋律輕快，奔放不停的音樂——然而其中也帶有歌詞——它轉化為詞句，又從詞句再化為音樂——我曾斷續聽到隻字片語——後來卻又恢復成舞樂，接著除了蘆葦輕柔細碎的耳語，就再也聽不到別的了。」

「你聽得比我清楚得多，」鼴鼠黯然說道：「我聽不到歌詞。」

「我來試著複誦給你聽，」河鼠依然闔著眼，柔聲地表示：「現在他又轉變成歌詞了——微弱但是很清晰——為免敬畏長駐——讓你們的嬉戲變為焦慮——在幫助的時候你們將看見我力量——但在那之後你們將遺忘！現在蘆葦取代了它——忘記，忘記，它們輕聲歎息，詞句消逝在沙沙之聲以及低語裡。後來歌聲又回來了——

「為免四肢紅腫和割破——我觸動已然設下的陷阱——當我鬆開羅網你們或將瞥見我——但你們必定將遺忘！划近後，鼴鼠，靠近蘆葦邊！想要聽見好吃力，而且聲音越來越微弱了。

「幫助者和醫療者，我心歡悅——林地溼氣間的小小流浪兒——我在其間發現迷途者，我在其間包紮好傷口——再命他們全忘記！靠近，鼴鼠，再靠近！不，沒用了；歌聲已消逝轉為蘆葦的交談。」

「但這些歌詞是什麼意思呢？」鼴鼠訥悶地問。

「這我就不知道了。」河鼠乾乾脆脆地回答：「它們一傳到我耳裡我便轉述給你聽。啊！現在它們又回來了；這次完整又清晰！這次，總算，它是真的，不會錯了的東西，單純——熱情——完美——」

「喂，那麼，快說給我聽啊。」鼴鼠在烈日下打著盹，耐心等候幾分鐘後催促。

然而，河鼠沒答聲。他抬頭望去，明白這沉默究竟是怎麼一回事。疲憊的河鼠臉上漾滿快樂的笑容，同時依然留有幾分傾聽的餘韻，深深睡熟了。

# 第八章・蛤蟆歷險記

當蛤蟆發現自己被幽禁在一座陰溼惡臭的地牢裡，知道這座中世紀古堡所有的陰森黑暗全然阻斷他與外面充滿陽光的世界，和質地高級的大馬路後——那些近來老被他當成全英國每一條馬路都已由他買下似的，那麼痛快地在上面自娛的地方——，整個人立即呈大字形躺在地上，流著傷心淚水，自暴自棄地陷入絕望中。

「一切都完啦！」（他說），「至少蛤蟆的生涯完啦；這是同一回事。英俊受歡迎的蛤蟆；富裕慷慨的蛤蟆；那麼逍遙自在，漫不經心，快樂溫文的蛤蟆！像我這樣一個被以充分理由監禁的人，」（他說），「怎能指望會有重獲自由的一天。因為我是如此大膽地偷了一部那麼漂亮的車子；因為我對一群臉紅得像豬肝的胖警察施予那麼驚人而又富有想像力的侮辱！」（說到這裡他哽咽得說不出話來。）「我是隻蠢動物；」（他說），「如今我必須幽禁在這座地牢裡，直到那些以自稱認識我為傲的人都忘了蛤蟆這個名字的一天！噢，睿智的老獾！」（他說），「噢，聰慧機靈的河鼠和明白事理的鼴鼠！你們擁有多麼完美的判斷力，多麼豐富的人事知識啊！噢，悶悶不樂、孤單淒涼的蛤蟆！」

他就這樣日夜哀歎悔恨地度過好幾個星期，不肯吃飯或者三餐之間的點心；縱然那嚴峻老邁的獄卒知道蛤蟆口袋裡面塞滿了鈔票，三天兩頭對他明白指出可以安排很多舒適豪華的東西從外面送進來——只要肯出高價。

這名獄卒有個女兒，是位親切可人、心地善良的少女，時常幫她父親分擔些職務上面輕便的工作。她對動物特別喜愛，自己養了一隻金絲雀，白天將鳥籠掛在監獄大牆上的一支釘子上，把吃過午飯要小憩一番的犯人們吵得半死，晚上則放在桌子上用張罩布蓋著。除此之外，還養了幾隻雜色的老鼠，以及一隻整天轉個不停的松鼠。這位好心的姑娘憐憫蛤蟆悲慘的處境，有一天，對她父親說：「爸爸，我真不忍見到那隻可憐的畜牲這麼不快樂，變得這麼樣消瘦！請你把他交給我負責。你知道我有多喜歡動物。我會讓他從我手中吃東西、坐起來，做各式各樣的事情。」

她的父親答稱她愛怎樣對他都可以。他對蛤蟆還有他的惱怒、他的傲慢、他的粗俗卑鄙早就煩透啦！於是當天她便在慈悲之心的驅使下，來到蛤蟆牢房外敲門。

「喂，打起精神吧，蛤蟆。」她一進去便連哄帶勸地對他說：「來，坐起來把眼淚擦乾，當隻懂事的動物。還有，試著吃幾口東西。瞧，我替你帶了些自己的午餐來。才剛出爐，還熱騰騰的呢！」

兩個盤子之間冒著熱氣滋滋響，香味瀰漫整間狹窄的牢房。鮮美的甘藍菜味鑽進傷心地仰臥在地板上的蛤蟆鼻子裡，一時間讓他想到，或許生活並未如他想像中般絕望空虛。但他仍哀哀號泣，踢著雙腿，不肯接受安慰。因此，這聰明的女孩便暫時退下。不過，當然啦，濃濃的熱甘藍菜香仍然餘留在牢房。蛤蟆在抽抽搭搭之間一面吸鼻子、一面思量，開始慢慢想到一些鼓舞心情的新念頭：想到英雄豪氣、詩藝精神、還有許多尚待完成的事業功蹟；想到陽光之下，遼闊的草場上面隨風翻飛的草浪，以及點綴其間嚼食的牲口；想到自家的果園、菜圃，筆直的藥草花床，常遭蜜蜂包圍的熱情金魚草；還想到蛤蟆府中擺放在餐桌之上那些餐盤輕脆悅耳的碰撞聲，以及每個人將自己座椅拉近桌子時，椅腿摩擦地板的聲音。狹小的牢房現出淡淡的光明色彩，他開始想起自己的朋友們，想到他們一定能夠使點什麼力；想到律師，想著他們會有多麼高興接下他的案子，想著自己竟然蠢到沒有聘用幾個律師；最後，他想到自己高超的智慧和謀略，還有所有只要多動動他那了不起的腦筋就能做到的事；於是，他的哀傷悲痛幾乎徹底痊癒了。

幾個小時後那位少女回來了，手上端著一個小碟子，碟子上面托著杯冒著熱氣的香茶；另外還有一個盤子上面擱著極熱的奶油土司，切得厚厚的，兩面都烤成焦黃色，大滴大滴的金黃色奶油由土司孔中流下，恰似蜂窩之中滴下的蜂蜜。那奶油土司的香味簡直像在對蛤蟆說話；同它清清楚楚的聲音。它對他提起溫暖的廚房，提起晴朗的寒天早晨享用的早餐，提起冬天黃昏舒適的客廳壁爐旁，散步歸來的人將穿著拖鞋的腳擱在壁爐的炭欄上；提起心滿意足的貓咪嚕嚕的鼾聲，愛睏的金絲雀們啾啾的啼囀。蛤蟆終於再度坐挺了身子，擦乾眼淚，啜飲香茶，大口大口咬土司，很快便開始洋洋灑灑談起他自己，談起他所居住的房子，他在那裡的做為，還有自己身分有多重要，朋友們個個多想他。

獄卒的女兒看出這個話題對他的幫助和茶一樣大（事實也是如此）！於是，就鼓勵他繼續往下說。

「告訴我關於蛤蟆府的事；」她說：「聽起來好像很美麗。」

「蛤蟆府，」蛤蟆驕傲地說道：「是座獨一無二，最適合名流士紳居住的府邸；建造於十四世紀，但所有現代化的設施應有盡有。衛生設備是最新式的。距離教堂、郵局、高爾夫球場都只有五分鐘路程。適合於──」

「老天，要命的動物，」女孩笑哈哈地說：「我又不想進駐那裡。告訴我一些和它相關的實際東西吧。不過，先等我再替你拿些茶和土司過來。」

她輕快地走開，不一會便另端著另一盤食物回來；蛤蟆狼吞虎嚥地埋頭大吃土司，已經完全恢復平日的心境，開始對她高談船庫、魚池、以及圍著老牆的果園兼菜圃；談論豬圈、馬廄、鴿房和雞舍；談論牛奶棚、洗衣所、瓷器櫃與熨斗（她特別喜歡這一段）；談到府中的宴會廳，還有當其他動物圍坐桌邊，蛤蟆使出渾身解數唱歌、說故事、展現各項才藝時，大家在那裡所得到的歡樂。這時她又想瞭解一下他的動物朋友們，對於他告訴她的有關於他們的一切，還有他們如何生活，如何消磨時間都聽得津津有味。當然嘍，她並沒有說出自己對於動物的心態是喜歡寵物的那一種喜歡；因為聰明的她看得出來，那將會使他大為光火。當她在為他灌滿水壺、抖鬆乾草之後說聲晚安時，蛤蟆早已恢復往日那種樂天自信、驕衿自恃的德行了。他唱了一兩首以往常在宴會之中高歌的小曲，縮在乾草舖上，做著無數好夢痛痛快快歇息了一夜。

從此以後，他們常在一起閒聊許多有趣的話題，度過一個又一個乏味的日子。獄卒的女兒漸漸為蛤蟆感到難過極了，心想只為一樁在心目中似乎是件芝麻綠豆般的犯行，就把一隻可憐的小動物關在牢房裡，真是個莫大的恥辱。虛浮自負的蛤蟆自然啦，認為她對他的興趣是出於與日俱增的柔情，甚至忍不住為橫亙於他倆之間那道極為寬廣的社會鴻溝而惋惜；因為她是那麼一位漂漂亮亮的小姑娘，而且顯然非常愛慕他。

有天早上小姑娘顯得心事重重，答起話來心不在焉的。在蛤蟆心目中，更嫌對於自己的如珠妙語和雋永言論太不夠專注。

「蛤蟆，」沒有多久，她說：「請你注意聽，我有位阿姨是洗衣婦。」

「好啦，好啦，」蛤蟆親切溫柔地表示：「別放在心上；不要再去想它了。我也有好幾個阿姨應該去當洗衣婦才對。」

「拜託安靜一下，蛤蟆。」女孩說：「你的話說得太多了，那就是你最大的毛病。我正想要動一動腦筋，你卻把我吵得頭痛死啦。正如我剛剛說的，我有位阿姨是個洗衣婦，這座城堡裡每一座監獄的衣服全歸她洗滌——你知道，我們儘量讓自家人包攬下所有這類有錢賺的事。她每週一早上來把該洗的東西收出去，週五晚上送回來。今天是週四。喏，這讓我想到一個主意你很有錢——至少你一直是這麼告訴我的——而她非常貧窮。區區幾英鎊對你來說無關痛癢，對她而言卻是一筆鉅款。喏，我想若是好好對她加以攏絡——賄賂吧；我想你們動物是用這個字眼——你們可以達成某種協議，讓她把自己的服裝、軟帽等等給你穿戴，你就可以扮成一個公家洗衣婦逃出城堡去。你們在許多方面極為相似——尤其是身材。」

「才不像。」蛤蟆氣忿地說：「我的身材優美極了——就我們癩蛤蟆而言。」

「我阿姨也是；」女孩回答：「就她們洗衣婦而言。不過隨你自己高興吧。你這討厭、驕傲、忘恩負義的動物；我是這麼替你難過，一心想要幫助你，你卻如此不知好歹！」

「好了，好了，沒事啦；真的非常感激你。」蛤蟆趕緊表示。「可是，聽我說！妳絕不能要蛤蟆先生——蛤蟆府上的蛤蟆先生——扮成一個洗衣婦到處走！」

「那麼你儘管留在這裡當你的癩蛤蟆好了。」女孩氣虎虎地回答：「我看你大概還想乘著四

人大轎出去哩！」

率直的蛤蟆向來總是肯於認錯。「妳是一位聰明善良的好姑娘，」他說：「而我確實是隻既傲慢又愚蠢的癩蛤蟆。請妳大發慈悲把我介紹給妳那位可敬的阿姨，我深信我和那位了不起的女士一定能夠談攏某些讓雙方都很滿意的條件。」

隔天傍晚，女孩領著她的阿姨進了蛤蟆的牢房，身邊還帶著一包用大毛巾裹著的蛤蟆一週換洗衣物。老婦人事先早已為這次會面做好準備，一見蛤蟆經過慎重考慮後放在桌上的滿眼金幣，事情實際上可以說是很確定了，用不著再進一步討論。相對於他的金錢，蛤蟆收到的是一襲棉布長裝，一件圍裙，一條披肩，以及一頂褐色圓軟帽。這位老婦人唯一堅持要求的是：必須塞住她的嘴巴、把她捆起來丟在牆角。她解釋道，儘管事情的樣子看起來可疑，但她希望憑著這套並不十分具有說服力的把戲，加上自己天花亂墜、加油添醋的本領，能夠保住自己的飯碗。

蛤蟆對於這個建議很開心。這可以使他被形容成一個可怕至極的人物，英名未損，風風光光地離開監獄；他幾幾乎要出手幫助獄卒的女兒，把她阿姨弄成一副在無力控制的情況下，遭人制服捆綁的樣子。

「現在該你了，蛤蟆。」女孩說：「脫掉你的大衣和背心；你本身已經長得夠胖啦！」

她笑得花枝亂顫，動手將棉布印花長裝由頭往下罩到他身上，把披肩照洗衣婦的方式整理出褶襉，然後把圓軟帽的兩條帶子拉到他下巴底下打個結。

「你跟她簡直像同一個模子印出來的。」她笑咯咯地說：「只是我相信你這一生中，看起來從沒有過她一半高雅的樣子。現在，再會啦，蛤蟆，祝你好運。順著你來時的路直走出去；萬一有人對你說什麼——男人嘛，很可能會的——你自然可以回敬一兩句玩笑話。不過千萬記住，你的身分是孤苦伶仃地活在人世間，得要顧惜名聲的寡婦。」

蛤蟆懷著一顆顫慄的心，但仍鼓足勇氣跨出堅定的第一步，小心翼翼地展開這段看似最草率、最危險的大

事。然而，很快的他便驚喜交集地發現一切竟然都進行得那麼輕易，只是想到他的受歡迎和有助於他受到歡迎的性別，其實都是別人的，又不免感到有點抬不起頭來。那洗衣婦裹在棉布長袍裡頭矮矮肥肥的身材。彷彿就是通過每道鐵條門和陰森大門的通行證；即使當他因為不確知該轉哪個彎而舉棋不定時，也因為下個門口的守衛急著要去用茶點，招呼他快快通過別讓他乾等一整晚，而讓他輕易擺脫困境。遇到針對他而發的玩笑和俏皮話，蛤蟆自然是飛快做出有力的回應；而這些玩笑話實際上也構成他最主要的危險。因為蛤蟆是隻十分看重自己威嚴的動物，而玩笑絕大多數都是（他認為）庸俗而輕薄，俏皮話更是百分之百缺乏幽默感。然而，儘管萬分艱難，他仍竭力控制自己的脾氣，使用符合洗衣婦和他應有性格的話反唇相譏，同時儘可能不踰越好品味的界限。

感覺上，他好像歷經好幾個鐘頭才跨出最後一座庭院，回絕來自最後一間警衛室的苦苦相邀，躲掉最後一名守衛帶著假裝出來的熱情、展開雙臂哀求的臨別擁抱。不過最後他總算聽到大外門的邊門在背後砰然關上，感覺外面世界的清新空氣吻上他焦慮的額頭，知道自己自由嘍！

大膽的冒險行動就這樣輕輕鬆鬆地成功。蛤蟆樂得暈陶陶，加緊腳步迎著城鎮的光明走去，一點也不知道下一步該做什麼。唯一確定的一件事，就是趕緊離開這附近。因為那個老洗衣婦在這裡太受歡迎、又有太多人認得她，再不快走就會被識破身分。

正當他邊思索邊走之際，注意力突然被一小段路外的紅綠燈號所吸引；那是位在城鎮的一側。另外耳裡還聽到引擎噗噗噴著氣，以及轉轍的貨車車廂轟隆的聲響。

「哈！」他暗想：「何其幸運啊！此時此刻，全世上就屬火車站是最符合我所需要的；更棒的是我用不著通過整個小鎮才能夠到達，也不用藉由巧妙應對來掩飾這個丟臉的身分；那雖然非常有效，卻無助於一個人的自尊心。」

於是，他朝車站走去，查明時間表，找出一班大略朝他家方向行駛，預訂半個鐘頭內開動的列車。「更幸運嘍！」蛤蟆說著，精神立即昂揚起來，走到售票處去買票。

他說出就他所知距離蛤蟆府所在那個村莊最近的站名，然後機械式地將手指插到一向該是背心口袋的位置，掏取車票錢。只是，他壓根兒忘了，這一路上高高貴貴套在自己身上的是那襲棉布長裝，這會兒它擋在中間，讓他白忙了一場。這陌生的怪物像是按住了他的手，不但害他使出的力氣全化為烏有，還不住嘲笑他；而在他後面大排長龍的其他旅客，全都不耐煩地等著，做出各種多少有點價值的建議，發出種種大致算得上中肯有力的批評。最後——不知如何——他從來不曾確知方法或原因——他終於衝破障礙，到達目標，摸著那個永遠是背心口袋所在的位置，發現——不僅沒錢，連裝錢的口袋也沒啦；甚至連縫著口袋的背心也沒啦！」

他驚慌失措地回想起自己把大衣和背心全留在牢房裡了，那裡頭有他的皮夾、金錢、鑰匙、手錶、鉛筆盒——所有讓生活過得有意義，讓有許多口袋的動物、萬物之王，有別於那些只有一個口袋或沒有口袋、到處活蹦亂跳、完全不具競爭能力的動物。

在窘境中，他拼命想要成功應付整件事，於是，擺出過去那種漂亮浮誇的派頭——一種適合土財主與高官權貴的派頭——說：「喂，聽著！我忘了帶錢包啦。先把那張票給我，行吧？明天我會把錢寄過來。我在這一帶是很有名的。」

售票員盯著他和黑褐色的軟帽端詳了一陣，然後放聲大笑。「我想要是妳三天兩頭耍一趟這套把戲，確實會在這一帶大大出名。夠啦，請退開這個窗口，夫人；妳妨礙到後面的乘客啦！」一名站在後面戳他戳了好幾分鐘的老先生一把將他推開，更糟的是竟還稱他做好太太；這是今天傍晚以來最教蛤蟆生氣的事了。

蛤蟆像隻鬥敗的公雞，垂頭喪氣，茫茫然來到火車停靠的月台，淚水順著鼻樑兩邊流。他心想，眼看就要平安脫險甚至到家了，卻因為缺少該死的區區幾先令，再加上幾個性情多疑、吹毛求疵的小公務員而告吹，真是倒楣透頂！很快的，獄方就會發現他逃脫，出動人馬來追捕。把他捉回牢籠，教他再次領教手鐐腳銬地被拖進監獄，與麵包、開水、乾草為伍的滋味。再說，噢，那小姑娘將會如何奚落他呀！怎麼辦？怎麼辦？他的腳程並不快，而身材不幸偏偏又很容易被認出來。他能否擠進某個火車座位下？這個方法他看過一些學童用過；在體恤的父母把旅途費用給了孩子，而他們卻將錢移作他用的時候。就在深思熟慮間，他發現自己已走到火車頭旁，愛護車頭的駕駛員是個粗獷的男子，正一手拿著油罐，一手拿著團棉球在替它擦拭，輕輕撫遍整部機器。

「哈囉，老嬤嬤！」駕駛員招呼：「有什麼困難嗎？妳看起來好像悶悶不樂哩。」

「噢，先生！」蛤蟆又哭了：「我是個不幸的可憐洗衣婦，把身上的錢全給弄丟了，連張車票錢都不剩。可是無論如何我今晚必須回家，真不曉得該怎麼辦才好。噢，天哪！噢，天哪！」

「那的確要人命，」司機沉思著說：「掉了錢——回不了家——我敢說，一定還有幾個孩子在等著你，對吧？」

「而且是一大群呢。」蛤蟆哽咽著回答：「他們一定會挨餓——會玩火柴——還會打翻油燈啊，這些什麼都不懂的娃兒！甚至會吵架，吵得天翻地覆。噢，天哪！天哪！」

「喂，我來告訴你我要怎麼做。」好心的駕駛員說：「妳說，妳是幹洗衣婦那一行的。很好，那就對了。妳真看得出來，我是個司機。無可否認，這真是個髒得要死的工作。老是穿髒一大堆襯衫，搞得太太洗它們洗得煩死嘍。要是妳肯在回家之後替我洗幾件衣服，再給送過來，我就讓妳在火車頭裡搭個便車。這是違反鐵路公司規定的；不過在這種荒僻的小地方我們並不特別注重這些。」

悲哀的蛤蟆剎時欣喜若狂，迫不及待地爬上了車頭。當然囉，他這輩子從未洗過一件衣服，就算有心要洗也不會，況且，總之他根本沒打算動手去洗。但他自忖：「等我平安回到蛤蟆府，又有錢可花，有口袋可以裝錢了，就寄筆足夠請人洗一大堆衣服的錢給司機，意思也是一樣的，說不定還更好哩。」

管車員揮動行車旗幟，駕駛員也按響汽笛熱烈回應，火車就這樣駛離車站。隨著車速加快，蛤蟆看到兩旁活生生的田地、樹林、樹籬、牛羊都像飛一般掠過，想著每過一分鐘他都距離蛤蟆府、那些富有同情心的朋友、和口袋之中玎璫作響的錢幣越來越近。有柔軟的床可睡，美好的食物可吃，還有無數的羨慕、讚美在等著他複述自己的冒險經歷和驚人的智計，於是開始跳上跳下、高聲小叫、唱著支離破碎的歌曲，聽得駕駛員大感錯愕。過去他偶而也會遇到幾個洗衣婦，可是沒見過一個像他這種德行的。

火車已經奔馳好遠好遠，蛤蟆都開始考慮一回到家裡要吃些什麼當晚餐了，忽然注意到駕駛員神情古怪地側貼著引擎，吃力地伏耳傾聽。接著他看見他爬到煤炭堆上，越過車頂眺望，然後回頭告訴蛤蟆：「好奇怪啊；我們這班車是今晚這條路線上的最末一班了，可是我敢對天發誓明明聽到後面還有車輛跟來！」

蛤蟆馬上停止他瘋瘋癲癲的輕狂舉動，變得滿臉懊惱，神色頹喪，脊骨下半段隱隱泛起疼痛，連帶漫延到大腿，讓他很想坐下來，努力試著別去想那些種種可能的後果。

這時月色已經朗朗照耀大地，火車司機穩穩站在煤堆上，可以望見後方極遠的距離。

不一會兒他開口大叫：「現在我看得很清楚啦！是個車頭，以極快的速度行駛在我們這條鐵軌上，看起來好像在追緝我們！」

可憐兮兮的蛤蟆趴在炭屑上，抱著黯淡的希望，絞盡腦汁想辦法。

「他們正以飛快的速度朝我們追上來！」司機嚷著：「而且引擎那邊還掛著一大票世上最古怪的人！揮舞著戰戟，像是古代的獄吏；還有頭戴鋼盔的警察；搖動警棍；還有些個耍著手鎗，揮動手杖，頭戴高帽，衣著寒酸的人，即使相隔這麼一大段距離，也可以毫無疑問地認出是群便衣警探；各個都在揮杖舞棍，都在高喊同一句話：『停車、停車，停車！』

這時蛤蟆跪在煤堆上，雙掌握著，哀哀懇求著：「救我，救救我，親愛的好心的司機先生，我會坦白招出一切！我不是表面上看起來那個平平凡凡的洗衣婦！我是隻蛤蟆——一隻名聲又大又廣受歡迎的蛤蟆，是個地主；我才剛靠著自己高人一等的膽量和智慧，從一座被敵人將我扔進去的噁心地牢裡逃出來；若是再讓那部車上的人把我抓回去，可憐、不幸、無辜的蛤蟆就得再度過著與手鐐腳銬、開水麵包、以及與人為伍的悲慘日子了！」

火車司機低頭狠狠瞪著他，說：「現在，把一切實情說給我聽；你是為什麼坐牢的？」

「沒什麼大不了的原因嘛！」可憐的蛤蟆登時面紅耳赤：「我只不過在某部車的車主用餐時借走了它；那段時間他們根本不需要它。我真的沒打算偷車；只是人們——尤其是那些執法者——對於這些思慮欠周的勇敢行為卻是看得那麼嚴厲。」

司機神情十分嚴肅，說：「恐怕你真是一隻惡蛤蟆，按理說為了維護公理我該把你交出去。不過你很顯然萬分頹喪和苦惱，因此我不會棄你於不顧。一來，我本身並不贊同汽車；二來，我不喜歡在開火車的時候受人指揮。再說看到一隻動物淚漣漣的，總會叫我覺得彆扭又心軟。所以，打起精神來吧，蛤蟆！我會盡我全力，我們還可以打敗他們！」

他倆堆起更多煤炭，賣命地鏟煤；火爐轟隆轟隆，火星四散激飛，引擎蹦跳搖幌，然而追逐者還是慢慢逼近了。火車司機歎口氣，抓著一大團棉球揩揩額頭，說：「怕是不管用了，蛤蟆。你瞧，他們車子輕跑得快，引擎也比較好。我們只有一條路可走了；那也是你唯一的希望，所以你要小心翼翼地照我交代你的做。在我們前頭不遠有條長長的隧道，出了隧道另一頭馬上經過一片濃密的樹林。聽著，當我們通過隧道時，我會儘可能加足馬力全速行駛，但另外那些人因為怕出車禍，自然會稍稍放慢速度。等我們一過隧道我會熄掉蒸汽，儘量煞車，你必須趁這可以安全跳車的一刻趕緊往下跳，在他們通過隧道、看到你前往樹林裡躲好。然後我會再全速向前行駛，要是他們愛追我就儘管追好啦，要追多久、追多遠都隨他們高興。好，注意啦，先準備好，等我一叫你跳你就跳！」

他們堆起更多煤炭，火車像箭一般射入隧道，引擎轟隆轟隆、吱吱嘎嘎地推進，終於，他們從隧道的另一頭衝入新鮮的空氣與詳和的月光中，看見兩邊沿線都是有利於逃脫的黑壓壓樹林。司機關掉蒸汽機，踩下煞車，蛤蟆走下車門口臺階，就在車速慢得接近步行速度時，聽到司機大叫一聲：「好，跳！」

蛤蟆往下一跳，滾到一小段路基外，毫髮無傷地站起來，爬進林子裡藏匿。

他極目凝視，看見自己所搭乘的那班列車再度快速行駛，消失在遠方。緊接著那部追緝車頭鳴著汽笛，呼嘯著自隧道口衝出，車上大半乘客都在揮舞形形色色的武器，聲聲吼叫：「停車！停車！停車！」等他們一衝過之後，蛤蟆立即開懷大笑——從他入獄以來第一次。

可是不一會兒他便停止笑聲，想到現在已經很晚又很黑很冷，自己置身在一片陌生的林子裡，身邊既沒錢也沒機會吃到晚餐，並且遠離自己的朋友和家園；而在火車的吱吱嘎嘎和轟隆聲響遠離後，四周死寂的氣氛更是教人心底發毛。他不敢離開樹木的遮蔽，只好抱著儘量遠離鐵道的想法往林子裡頭走。

在經過那麼多禮拜的禁錮生涯後，他覺得樹林既陌生又懷有敵意，甚至認為它有意作弄他。夜鶯發出單調呆板的聲音，漸漸朝他圍攏。一隻貓頭鷹無聲無息猝然襲來，用牠的翅膀掃過他的

肩，嚇得深信那是一隻手的蛤蟆慌忙跳起來；然後牠便像蛾一般振翅飛去，嘴裡發出低沉的「嗬！嗬！嗬！」笑聲，蛤蟆聽在耳裡覺得聒噪極了。他曾碰到一隻狐狸，對方停下腳步，帶著譏諷的味道上上下下打量他，喊聲：「哈囉，洗衣婦！這個禮拜少了一只襪子還有一個枕頭套！記住別再發生這種事嘍！」然後唱歌，大搖大擺地走開。蛤蟆環顧四周想找顆石子擲他，結果卻連一顆也找不到，把他氣了個七竅生煙。終於，又飢又寒又疲憊的他找到一顆中空的樹權充庇護所，盡其所能利用枯枝敗葉替自己鋪張舒舒服服的床，沉沉地一覺睡到大天亮。

# 第九章・浪跡天涯的旅行者

河鼠焦躁不安，卻又不知究竟原因何在。所有夏日壯盛的容色都還依然如昔，儘管耕地的青綠已讓位給金黃，儘管遍地的山梨已轉紅，林地裡到處被棕褐的洶洶來勢所沾染，光明、溫暖與色彩卻仍一絲未褪，分毫不見種種消逝中的一年冷冽的先兆。只是果園、樹籬裡頭從不間斷的合唱已漸漸寂寥，儘剩尚未疲倦的表演者們偶一為之的夕暮之歌；知更鳥再度開始展風騷；四周也隱約浮現一種變化以及離別感。杜鶴鳥沉寂已久固然是；自然現象但為數不少的飛禽朋友，幾個月來一直是熟悉景觀之中的一部分，更是其中的小小社團，現在也都漸漸失了蹤跡，感覺上陣容一天比一天單薄。河鼠始終是這所有飛禽遷徙的觀察者，目睹他們日復一日向南方飛去；即使到了夜裡躺在床上時，他也能分辨出那些焦急的羽翼聽命於不容抗拒的召喚，掠過黑暗的噗噗振動的聲響。

就像別的旅社一樣，大自然大旅社也有它的季節性。隨著一團又一團的旅客結完帳離去，餐桌旁的座位慘淡地一頓頓削減；隨著一組組套房被關閉，地毯被捲起，服務生們被遣散；那些打算留下來住到明年旅社重新開張的房客，眼看著這一陣陣的遷移和道別，這對於種種計畫、路線、和新店住的熱切討論，這日日不絕的友誼流失，難免會多多少少受到些影響，使得他們心神不寧、消沉沮喪、喜歡吹毛求疵、找人的碴。為何會有這渴求變化的熱望？為何不像我們一樣安定靜靜留在這兒，開開心心該有多好？你們不曉得這家旅社淡季時候的樣子，也不曉得我們這些留下來看著有趣的整整一年結束的人日子過得多好玩。你說的都是真的，毫無疑問；別人總是這樣回答；我們非常羨慕你們——或許來年吧——不過現在我們全都預訂好了——巴士就在門口等著——我們的時間到了！於是，他們一頷首、一微笑，走啦：我們思念他們，心裡好憤慨。河鼠是屬於那種自立自足型的動物，在這片土地之上紮了根；任誰走了，他總會留下來。然而他仍舊會忍不住留意到周圍的訊息，並且知其然，不知其所以然地感受到它的影響。

在這一波波遷徙持續不斷的時候，實在很難真正安得下心來。離開了水流漸漸變淺變慢、密密長滿高高燈蕊草的小河畔，他漫步走向村郊，穿過一兩片看起來已經焦黃乾枯、塵沙飛揚的牧場，逛進一大片黃澄澄、沙沙響、如浪擺搖、充滿了寧靜動作和輕聲細語的麥田。他常愛在這裡散步，穿過堅挺的麥稈形的成的密林，一路拂過頭頂的是它們自己金黃的天空——一片永遠在款擺、在閃耀、在柔柔訴說的天空；或者隨著掠過的風強烈搖盪，然後一甩頭，一俏笑，恢復原狀。在這裡，他也有許多小朋友，自成一個完整的社會，過著忙碌充實的生活，但總有一點餘暇可以陪訪客嚼嚼舌根、交換些消息。然而今天儘管大家都非常客氣，田鼠和住在穀叢間的巢鼠們卻好像忙得抽不開身來。他們之中多數在勤奮地挖掘地道；其他則圍成一小團、一小團負責審查計劃以及各組小房間的製圖；這些製圖呈現出美好、小巧、靠近商店的便利位置等等特性。有些巢鼠和田鼠在拖出滿佈塵埃的樹幹和衣籃，其他的則已經忙者動手打包起各自的東西；此時，四處堆積著一束束小麥、燕麥、大麥、掬子和堅果，擱在那裡等待被搬運。

「河鼠老兄來啦！」一見到他，他們高叫：「過來幫幫忙吧，河鼠，別光閒站著！」

「你們這是在搞什麼鬼？」河鼠嚴厲地說：「你們明知道現在還不到為過冬打算的時候；還早得很呢！」

「噢，是啊，我們知道，」一隻田鼠滿面羞愧地解釋：「但未雨綢繆總是好的，不是嗎？我們真的必須趁那些可怕的機器開始在這裡卡啦卡啦運轉起來以前，趕緊把所有的傢俱、行李、還有存糧全運走；再說，你也知道，如今最好的房子那麼快就被佔滿，一旦動作遲了，就得去忍受任何東西；況且在物品搬入新地方前，還得花好一番工夫打點才行哩。當然啦，我知道我們的行動是早了些，不過這只是先開個頭罷了。」

「噢，煩人的開頭。」河鼠說：「今天是個大好天氣。過來划划船，或者沿著樹籬散散步，還是到樹林子裡野餐什麼的吧。」

「唔，謝了，我想——今天不行。」田鼠連忙回絕：「也許改天吧——等我們更有空點兒——」

河鼠輕蔑地冷哼一聲，轉身就要走，卻教一個盒子給絆了一跤，罵了幾句有失身分的話。

「要是人們肯更小心一點，」一隻田鼠侷促地表示：「同時看清自己要走的地方，就不會傷著自己——並且失態啦。小心那個大雜物袋，河鼠！你最好找個地方坐下。再過一兩個小時我們大概就比較有空來陪你了。」

「我看得出來，在這個聖誕節以前，你們不會有你所謂的『空』啦。」河鼠滿腹牢騷地回答，逕自往麥田外走。

他又帶點兒落寞地回到他的河流——他那忠心耿耿、流動不停的河流；永遠不會收拾行李、振翅飛去、或者冬眠的河流。

在傍著河堤而立的垂柳間，他窺見一隻燕子棲息在那裡。不一會兒另一隻燕子來加入，緊接著又有一隻小鳥飛來；這三隻鳥兒惶躁不安地停在枝頭上，低著聲音熱烈地交談。

「什麼，已經！」河鼠大步朝他們走去：「何必這麼急？太可笑了。」

「噢，我們還沒要出發；如果你指的是這個的話。」第一隻燕子回答：「我們只是在擬定計劃和安排事情。你知道的，商量商量——今年我們走哪條路線，在哪兒住下……等等的。這是其中一半的樂趣啊！」

「樂趣？」河鼠說：「就是這點讓我想不透。如果說你們非得離開這個愉快的地方，離開將會思念你們的朋友，離開剛剛搬進不久的舒適家園；噢，當時候來到，我毫不懷疑你們會勇敢離去，面對所有的困難、艱辛、改變和不習慣，並且假裝你們並不很憂愁。但是不到真正必要的事就想談論這件事，甚至籌畫這件事——」

「不，你自然不明白。」第二隻燕子開口說：「首先，我們感受到內心有股甜蜜蜜的不安在騷動；接著，回憶像歸巢的鴿子般一波接著一波回來。夜裡，他們撲撲振翅飛過我們夢中，白天，陪伴我們的飛旋盤繞共翱翔。噢，我們急於相互探問、交換意見，讓自己隨著一陣陣味道、聲音和許多遺忘的地名一一回來召喚我們，確定這一切都是真實的。」

「難道你們就今年一年留在這裡過也不行嗎？」河鼠滿懷渴望地建議：「我們全都會盡全力讓你們覺得舒服自在。你們不曉得，在你們遠離此地期間，我們在這裡過得多麼快活啊！」

「有一年我曾試著『留下』，」第三隻燕子敘述：「那時我已深深愛上這地方，因此當時候到來時我便躊躇不前，任其他同伴南飛而沒有加入。剛開始幾週的確過得很愜意，但後來，噢，夜晚長得多麼教人厭煩！白天又是多麼令人抖瑟，見不著陽光！空氣是那麼冰凍溼冷，整個田野裡一條蟲也沒有！不，行不通的；我的勇氣瓦解了。在一個寒冷的暴風雪夜晚，我乘著強烈的東風展翼順利飛向內陸。當我飛經崇山峻嶺之間的隘口時，雪勢大得駭人，我必須費盡千辛萬苦才能克服風雪前進；但我永遠忘不了當我朝那碧藍如洗地靜臥於下方的湖水俯衝而下，熱熱的陽光再次照在背上的感覺是多麼幸福，而口中吃到的第一隻肥蟲滋味又是多麼鮮美！往事恰似一場惡夢；而未來卻是一整段快樂的假期。我輕輕鬆鬆、悠悠閒閒地一週接一週朝著南方飛，只要有那個膽子，愛逗留多久便逗留多久，然而總是朝向那呼喚的方向而去！不，我已經受過教訓了，再也不會想到要反叛。」

「啊，是呀，來自南方的，南方的呼喚！」另外兩隻如夢似幻般地啁啾：「它的歌唱，它的色彩，它那喜悅洋溢的空氣！噢，你們是否記得——」他們不知不覺遺忘了河鼠，陷入熱情的懷思。河鼠聽得入了迷，一顆心在體內燃燒。在他心中自己也知道，那至今為止始終凝然靜止的心弦，如今終於也在顫動；單單只是這些南方鳥兒叨叨的笑語，和那些已然陳舊褪色的報導，都有能力喚起這股狂熱新奇的意念，一遍又一遍地刺激他；那麼倘若真實的情境在他內心煽動一下下——讓真正的南方陽光熱情地輕拍一下，確切的芳香輕飄來一陣只將會如何？他閉雙眼，大膽地恣意遐想一會兒，等再度張開眼睛，眼前的河流似乎變得冰冷無情，翠綠的田原也變得灰暗無光。這時，他那耿耿的忠心彷彿要為自己的變節而高聲自責。

「那麼，你們究竟又為什麼要回來？」他嫉妒地詰問燕子們：「這個單調貧乏的小小鄉村有什麼好吸引你們？」

「莫非你以為，」第一隻燕子回答：「季節一到，另外一種呼喚不也會在召喚我們嗎？那來自茂盛的青草、溼潤的果園、昆蟲出沒的溫暖池塘、來自正在嚼食牧草的牲口、來自捆堆乾草、以及所有聚集在完美屋簷之家周圍農舍的呼喚？」

「莫非你以為，」第二隻燕子問：「你是唯一渴盼再到杜鵑啼唱盼得發慌的生物？」

「時節一到，」第三隻燕子表示：「我們就會再度害起思鄉病，苦苦思念在某條英國小河河面靜靜搖擺的荷花。但如今，那一切彷彿都憔悴慘淡，遙不可及。此時此刻，我們的血液是和著另一支音樂起舞的。」

他們再度自顧自地吱吱喳喳交談起來。這一次，那令人迷醉的言語裡，敘述的是洶湧澎湃的大海，黃褐的沙地，蜥蜴出沒的牆壁。

河鼠再度怔忡不寧地漫步離去，爬上由河的北岸緩緩上升的斜坡，趴在那兒望向阻擋他向更南方遠眺的大沙丘邊緣——在此之前，那就是他的地平線，他的月亮山脈，他的界線。過了它以後，就再也沒有他想要看或想要認識的事物。今天，他的內心翻騰著剛剛產生的需求來眺望南方，那沙丘邊緣長長的低矮輪廓上方的晴朗天空，彷彿因懷抱某個約定而悸動；今天，看不見的事物重於一切，而未知則是生活之中唯一的真相。丘陵的這一側，此刻是片真正的空白；而另一

側，卻是歷歷呈現於他心靈之眼前的熱鬧擁擠、五彩繽紛全景。碧綠、奔騰、浪高滔天地躺在丘陵那方的海洋是何等壯魄！沿線一幢幢白色別墅映著橄欖樹林閃閃生輝、沐浴在陽光之中的海岸是何等旖旎！而停滿了預訂開往低低羅布於倦慵的海洋之中、盛產香料、美酒的紫色島嶼，那一艘艘豪華的船隻的寧靜港灣是多麼迷人。

他站起來，再度下斜坡往河邊走，突然間改變了心意，朝積著厚厚灰塵的小路旁走去；然後躺下來，將身體半掩藏在路旁那排皮葉糾纏蜜結的清爽矮樹籬下。在這裡，他可以冥思那以碎石舖造的大馬路，以及它所通往的大千世界；也冥思那所有可能踩過它的徒步旅人，和他們前往尋找或者不期而遇的財富和奇遇——在那段路之外——之外！

耳中聽見腳步聲，目中迎見一條走得有點疲憊的身影；他看出是一隻老鼠；風塵僕僕的老鼠。那旅人走近他身邊之前，對他行了一個略帶異國風味的禮——略一遲疑——帶著愉快的笑容偏離自己的路線，走過來坐在他身邊涼爽的草地裡。他看起來很累，河鼠多少理解對方的心緒，不問什麼，先讓他好好休息；他也知道，有些時候所有動物最珍視的僅僅是無聲的陪伴，好讓他疲憊的肌肉鬆弛，心理活動暫時停止運轉。

那名旅人身形瘦削，相貌聰穎，雙肩微弓，兩隻前爪瘦又長，眼角滿佈魚尾紋，長得細緻優美的耳朵上，戴著一對小小金耳環。他的上身穿的是件褪了色的藍色毛線衫，長褲原本也是以藍色為底，東補西綴，到處是污痕，身邊攜帶的小小物品全都綁在一條藍色棉布手巾裡。

那陌生人休息一陣過後，輕歎一聲，嗅嗅空氣，打量一下身旁環境。

「那是苜蓿，那是輕風中的絲絲暖意，」他說道：「而我們聽到在背後啃青草、張嘴呼氣的則是牛群。遠遠的地方傳來收割機的聲音，傍著林地那邊，冉冉升起一縷茅舍的藍煙。附近的某處有河流過，因為我聽到一隻鷸鴣的叫聲，並且從你的身材看出你是一隻不慣於海上航行的淡水水手。萬物都像在熟睡中，卻又無時無刻不在持續活動。朋友，你過的是愜意的生活；只要你有夠強健的體魄去過，無疑是世上最棒的生活！」

「是啊，是這生活，唯一值得過的生活。」河鼠夢一般地回答，卻缺少平時那分全心全意的確信感。

「我的意思並不完全是那樣；」陌生人審慎地表示：「不過毫無疑問是最棒的。我曾試過，所以我知道。也正因為我嚐試過——為期六個月——現在的我才知道那是最棒的。我，腳又痠，肚子又餓，辛苦跋涉遠離它，一程一程向南走，追尋那個古老的呼喚，回歸古老的生活。那個屬於我的、不肯放我走的生活。」

「那麼，這莫非又是他們之中的另一個？」河鼠沉思默想，問聲：「唔，你是打哪兒來的？」他根本不敢問對方要往哪裡去；看來他對那個答案太熟悉了。

「一座美好的小農莊。」旅人簡短地回答。「沿那個方向——」他朝北方略一頷首：「別管這個了。我想要的全都有了——生活之中，只要我有全想要的通通得到了，甚至還更多；而現在我到達這裡啦！然而，照樣還是很高興來到這裡；高興到這樣！在路上跋涉多麼遠的里程，便離我心中嚮往之地縮近那麼多小時！」

他閃亮的雙眼緊盯地平線，耳朵好像在傾聽什麼內陸地區欠缺的聲音，那是伴隨牧場與農家庭院的輕快音樂響起的聲音。

「你不是我們當中之一，」河鼠說：「也不是農夫；甚至，依我判斷，也不是這個國家的居民呢！」

「不錯，」陌生人回答：「我是一隻海上航行的老鼠，原先打君士坦丁堡的港口而來；不過大體上說，我在那兒也算個異鄉客。你聽說過君士坦丁堡吧，朋友？一個美好的城市，同時也是一座輝煌的古老城市。你可能也聽說過挪威王西古德，還有他是如何率領六十艘船隻航行到那兒，他和他的手下又是如何騎馬跑遍每一條張掛紫、金寶帳向他們表示崇高敬意的街道；以及皇上和皇后又是如何親臨他的船上與他同歡共飲。當西古德返回家鄉時，許多他所帶來的北歐人都被留下來擔任皇帝的扈從。而我的祖先——一名生於挪威的北歐人——也和那些西古德送給皇帝的船隻一併留下了。也難怪，我們向來都是航海者；至於我，對我而言我所出生的城市，和從那兒到倫敦間的每一座愉快碼頭同樣都是我的家。我認識它們，它們也都認識我。隨便讓我在其中哪一座碼頭或海灘下船，我便是重返故鄉了。」

「我想你一定時常航行，」河鼠漸聽漸有興趣：「接連數月不見陸地的生涯，糧食短缺，飲水也得定量分配，整片心思都和一望無際的海洋相連，種種諸如此類的是嗎？」

「絕非如此。」海鼠坦白表示：「你所形容的這種生活一點也不適合我。我是從事沿海交易的，難得有見不著陸地的時候。就和所有的海員類似，吸引我的是岸上的歡樂時光。噢，那些南方的海港！那屬於它們的氣味，夜間的停泊燈，還有令人迷醉的景色！」

「哦，也許你選擇了更好的方式吧。」河鼠嘴裡說著，心裡卻相當懷疑。「那麼，假使你願意的話，請告訴我一些你的沿海航行點滴，還有一隻勇敢的動物可能期望帶著什麼樣的收穫回家，以便往後在爐邊以英勇的回憶溫暖自己的日子呢？至於我的生活，坦白對你說，今天它讓我感覺有點狹隘、受拘限！」

「我最後那趟航行，」海鼠述說：「是出於對在內地務農抱著極樂觀的期望，結果終於在這個國家登陸。這趟航行是我多采多姿生活的縮影；說真的，足以做為其中任何一趟的範例。像往常一樣，肇始於家庭困擾。家務的警報球一高懸，我立即登上一艘預訂前往君士坦丁堡的商船，在開往希臘群島及地中海東部、和愛琴海沿岸各國各島這一路上，每片古典優美的海洋的每朵浪花，都帶給你至死難忘的震顫。那是一個個燦爛耀眼的白天加上柔和的夜晚！隨時進出碼頭──到處都是朋友──炎熱的白天裡在某間清涼的寺廟或荒廢的水池睡上一覺──日落以後，在繁星如斗的絲絨般天空下饗宴高歌！接下來，我們沿亞德里亞海岸而上，這片海水的每個岸邊都浸浴在琥珀、玫瑰、與藍綠寶石色澤的氣息中；我們停泊在陸地環抱的寬闊海灣碼頭上，漫遊遍一座座偉大的古城。終於有一天早上，當太陽壯麗地從我們背後升起，我們順著一條黃金水道航進威尼斯！啊，威尼斯真不愧是座十全十美的城市。在那兒，一隻老鼠可以隨興之所至到處漫遊、享受歡樂！或者，當漫遊累了時，可以在晚間坐在大運河邊緣，和他的朋友們談笑飲宴。這時空氣之中洋溢著音樂聲，天空上掛滿了繁星，燈光閃閃爍爍地映照在隨波搖擺的一艘艘貢多拉那亮晶晶的鋼鑄船首艘。這些貢多拉❶一艘緊挨著一艘停泊，密集得讓人可以踏著它們從運河的這頭走到那一頭！再說到食物——你可喜歡貝類？算了，算了，現在我們別多談這個話題。」

他沉默了一會兒；而聽得入了迷的河鼠同樣沉默著，漂遊在一條條夢幻運河上，耳聽著一首虛無縹緲的歌曲，在憑空想像出來那些波濤拍岸的灰牆間輕脆高亢地縈繞。

「終於，我們又航向南方，」海鼠接著說：「沿義大利海岸而行，直到大家終於抵達巴勒摩。我在那兒下了船，上岸過了好長好長的一段快樂時光。我從來不固定在艘船上待太久；那會讓人變得心胸狹窄。固持己見。再說，西西里又是我最快樂的追尋地之一。我認識那裡的每一個人，他們的習性也符合我所好。我在島上開心地度過好幾週，和當地的朋友們同住。等我又漸漸感到煩躁起來，便搭上一艘開往薩丁尼亞和科西嘉做買賣的便船；再次感受到清新的微風和浪花打在臉上，真教我興奮！」

「可是待在——底艙；我想你們是這麼叫的——不會很熱又很悶嗎？」河鼠瞅著他，淡淡地使了個眼色，簡單明瞭地表示：「我是個老手，船長座艙對我來說合宜

---

❶ 貢多拉：威尼斯運河上供遊覽的平底輕舟。

得很。」

「不管怎麼說，那總是種辛苦的生活。」河鼠嘀嘀咕咕地陷入沉思。

「對大夥兒而言的確是。」河鼠聲音低沉，眼角又使個若有似無的眼色。

「從科西嘉島，我又搭上一艘載酒往歐陸去的船。」他接著往下說：「傍晚我們到達亞拉修，泊靠在那兒，把我們的酒桶拖上來推到船外，然後用條繩索一桶接一桶綁牢。接著全體船員開始放下小舟、划向岸上，邊划嘴裡邊唱歌，後頭拖著串像整整一哩長的海豚隊般載浮載沉的桶子。沙灘上，他們早已安排馬匹等在那裡，蹄聲達達地拉著酒桶，爭先衝上那個小鎮的陡急街道。等到把最後一個酒桶裝上馬車後，我們便去用些點心，休息休息，和朋友們痛快飲酒，熬到大半夜；隔天早上我跑入大橄欖樹林裡安靜地歇息一陣子。直到這時為止我的生活總是與島嶼密不可分。接觸過的港口，船隻不計其數；因此我在農人間悠悠閒閒地過了一段日子。有時躺在地上看他們耕作，有時高高臥在丘陵上，遙對蔚藍的地中海。就這樣，終於半步行、半乘船，從從容容來到馬賽，再度和往日的同船夥伴相會，造訪即將航行遠洋的大船，並再度共同飲宴。說到貝類！噢，有時候我做夢都會夢到馬賽的貝類，然後哭著醒過來！」

「這倒提醒了我，」客氣的河鼠說：「你剛剛湊巧提到肚子餓，我早該開口的。你當然會留下來陪我吃吃你的中餐吧？我的洞穴就在附近；現在已經過正午時分好一會兒了，不管有些什麼，非常歡迎你一道兒吃。」

「歐，你真是非常好心親切，」河鼠說：「我坐下來時肚子的確餓了，而且自從一不小心提到貝類後，胃更是餓得一陣一陣痛得厲害。但你不能把它拿到這裡來嗎？除非迫不得已，我不太喜歡鑽到水門以下；待會兒，趁我們用餐時候，我還可以告訴你更多有關我的航行和我所過的愉快生活——至少，在我感覺非常愉快，而且依我判斷，它也深深吸引了你的注意力；然而一旦進入戶內，我百分之九十九會馬上睡著的。」

「這的確是個棒極了的建議。」河鼠說著，匆匆忙忙跑回家，取出午餐籃，收拾些簡便的飲料、菜餚。顧及那異鄉人的原籍和口味，他特地挑選了一條長長的法國麵包，一條蒜味香腸，幾許貯存在地窖裡的乳酪。還有在遙遠的南方山坡收存、封藏，再用麥莖包裹的一長頸瓶子瓶裝歡樂之泉，然後提著它們飛奔而來。

當兩人一同打開餐籃，取出裡頭所裝的東西擺設在路旁的青草地上，老海鼠對他的品味與判斷力大加誇讚，讓他開心得滿臉飛紅。

海鼠在稍微止飢之後，馬上繼續敘述他最近這段航行史，引領他那單純的聽者一處接一處遊遍西班牙各碼頭，帶他登陸里斯本、奧波多、波爾多，向他介紹康瓦爾、得文等等討人喜歡的港口，然後溯行海峽到最後的碼頭區。在這兒，飽經風霜雪雨、常遭風暴驅趕的他繼陣陣強風之後登陸，捕捉到下一個春天最初的奇妙暗示與預兆。這些預兆激起他滿腔的熱望，疾疾向內陸展開長途跋涉，渴望遙遙遠離任何一片海洋令人厭煩的拍擊，在某座寧靜的農場好好體驗生活。

河鼠聽得入迷，激動得微微顫抖，追隨那大冒險家一程又一程，航過一處又一處風浪滔滔的海灣，鑽過一座又一座擁擠的錨地，乘著奔騰的潮流衝過海港的圍欄，溯行每一急轉彎便暗藏著些忙碌小城鎮的蜿蜒河流，然後來到單調乏味的內陸農場，惋惜地歎息一聲離開引導者而去；對於這個，他毫無興趣一聽。

這時他們的午餐已經吃完，海鼠恢復了精神和體力，講起話來聲音更嘹亮，眼中閃著一抹像是被遙遠的海之召喚吸引而出的光芒，重新為自己杯中斟滿紅得晶瑩剔透的南方佳釀，湊向河鼠，迫使他的視線在自己講話時牢牢鎖住自己，全盤掌握他的身與心。那對眼珠隨著膨湃奔騰的北方海洋，變化出如海水色線般的灰綠；而玻璃杯中所閃耀的那分火熱紅艷卻是南方之心，正為擁有勇氣呼應其悸動的他而跳。那孿生的光線──那變幻莫定的灰與堅定不移的紅──主宰了河鼠，教他著了魔，入了迷，全身無力。除此之外那片寧靜世界裡的所有光線都遙遙退卻，不復可見。而言談；這奇妙的言談滔滔不絕──又或者那真的全是言語？還是曾間或轉為歌唱──水手拔起船錨時的水手歌；支桅在強烈東北風中發出的嗡嗡嗚響；漁夫在落日黃昏時刻拖網之間的漁

場；從貢多拉或小帆船上響起的吉他與曼陀林❷和絃？它是否轉變為風的呼號；初時哀怨，精神飽滿後即變成憤怒的尖叫，拔高時是摧肝裂腸的呼嘯，沉落後化作滿帆帆緣抖抖筱筱的歌調？還伴隨著海鷗急切的控訴、澎湃的浪濤柔和的轟鳴、抗議的沙石海灘聲聲哭泣。聲音逝去，又回復到侃侃的言談，他懷著砰砰跳動的心，隨話聲到十數個海港去遊歷，去奔走、逃亡、重整旗鼓、交朋友，從事英勇豪邁的事蹟；或者他在海島上尋寶，在平波如靜的環形珊瑚礁湖畔垂釣、在暖暖的白沙上打盹一整天。他聽說起對於深海打漁的描述，還有迤邐一哩長的魚網撈獲的龐大銀色魚群；聽說起突如其來的危難，沒有月亮的夜晚、浪檮拍岸的喧鬧，或者驀然穿破濃霧在頭頂現形的大輪船高高的船首；聽說起快樂的返鄉，環抱的海岬，和大放光明的碼頭燈；聽說起泊船處依稀可見的人群，快樂的歡呼，還有纜繩下水的水花潑濺；聽說起吃力地走上陡急小街，迎向遮著紅窗簾的窗口那撫慰光輝走去的行路。

最後，在他的白日夢之中，彷彿感覺到那冒險家已經站了起來，但嘴裡仍在說話，也仍用他那滄滄海灰的雙眼牢牢吸引住他。

「現在，」他柔和地訴說：「我得再上路了；繼續朝向西南，風塵僕僕地走無數個日子；直

---

❷曼陀林：樂器名，六絃或八絃、二絃一組，似琵琶。

到我終於抵達那依傍在海港陡峭的一側，自己深深熟悉的灰沉沉海邊小鎮。在那裡，經由幽暗的門口俯視，可以望見一段段的石階，石階壁上懸垂著一大叢一大叢粉紅色纈草，直達一片湛藍的海水。繫在古老海牆的鐵環和柱子上的小舟，顏色漆得和我小時爬上爬下的船隻一般鮮艷；鮭魚乘著漲潮跳躍，一群群閃閃發亮的鯖魚嬉戲著遊過碼頭地和海浦，窗口邊，大船日以繼夜地航向繫纜處，或者一路啟程開向外海。在那兒，所有航海族的船隻遲早都會開來；而我所挑選的船隻，也會在固定的時刻起錨。我將從從容容，滯留在該處等候，直到最後正符所需的一艘船停在那兒等著我，船身被拉到中流，船上載著大量貨物，船首的斜桅指向海港口我將搭乘小舟或沿著粗纜悄悄溜上船，有天早上我會在水手的歌聲以及踏步聲、絞盤轉動的卡啦啦聲響、和船錨鐵鏈輕快的嘩啦啦聲音中醒來。等船隻選擇好航道，我們就會張起船首的三角帆和前檣主帆，港邊的白色屋宇緩緩滑退，我們的航程隨即展開！當船隻徐徐航向海岬，船身將覆滿船帆；然後，一旦出了崎岬，遼闊的碧綠大海就將澎澎湃湃拍打著船身，伴著乘風破浪的船隻一路駛向南方！

「而你，你也會來的，小兄弟；因為日子一天一天逝去，永不復返，而南方卻依舊守候著你。與其任由光陰一去不回頭，不如留心那呼喚，冒險去吧！只消任背後的門砰然關上，無憂無慮向前跨一步，你就告別舊生涯，邁入新生活！等到有一天，很久很久之後的某一天，酒杯已乾、戲已收場，你若願意便緩步徐行回家來，帶著滿滿的美好回憶相伴，坐在你靜謐的河邊。你可以輕易在路上追過我；因為你正年輕，而我已年邁走得慢。我會緩步徘徊，回首張望；最後我必定會看見你帶著急切而又愉快的心情趕上來，滿臉盡是對於南方的嚮往。」

聲音漸漸消逝而終告停止，就如一隻蟲子細微的鳴聲很快便遞減為寂靜；河鼠癱瘓無力地呆呆目送，最後只見白白的路面上剩下一個遙遠的小黑點。

他機械式地站起來，不疾不徐，小心翼翼地收拾午餐籃，機械式地走回家，拿了些小小的必需品和他珍愛的特殊寶貝放進一個背包；行動審慎遲緩，像個夢遊者似的在房間裡走來走去；始終張著嘴巴在傾聽。他把背包甩過肩膀，仔細挑根結實的棍棒做為遠行之用，不慌不忙也不遲疑地跨過門檻，鼴鼠正好在這節骨眼上出現於門口。

「喂，你準備上哪兒去啊，河鼠？」鼴鼠一把扯住他的手臂，驚訝莫名地問。

「去南方，和他們其餘的人一起。」河鼠看也不看他一眼，如夢囈般拖著平板的音調喃喃說道：「先到海邊然後上船，前往正在呼喚我的海岸！」

他依舊不慌不忙，但鎖定目標，意志堅決地向前走；可是這會兒鼴鼠卻是當真驚呆了！趕緊擋在河鼠面前盯住他的兩眼看，看見他眼中燃燒著光芒，兩隻眼珠動也不動，不斷轉換著迷惘而千變萬化的灰——不是他好友的眼神，而是別隻動物的。他死命揪住河鼠拖入屋內，丟在地上，按住他。

河鼠拼命掙扎一陣子，忽然間彷彿所有力氣都離他而去，全身虛脫地靜靜躺在那兒，閉著眼睛，渾身戰慄。鼴鼠立即扶他起來，讓他坐到椅子上。河鼠癱在椅上，縮成一團，一陣劇烈的顫抖使他全身幌了幌，很快就轉變為一陣歇斯底里的無聲抽泣。鼴鼠關緊屋門，把背包扔進一個抽屜裡鎖好，然後坐到桌上，陪在好友身旁，靜候這陣莫名其妙的發作過去。漸漸地，河鼠陷入不安的淺睡，睡夢不時被驚悸所打斷，嘴裡喃喃發出些對於不明究理的鼴鼠而言既奇怪又陌生，激烈紊亂、莫名其妙的囈語；最後進入沉沉的睡鄉。

心急如焚的鼴鼠暫時離開一會兒，一頭鑽進家務堆裡頭；等他回到客廳天色已漸漸轉暗，發現河鼠坐在原處，已經完全醒來，只是無精打采、悶聲不響，神情沮喪。他匆匆瞄一瞄他的雙眼；謝天謝地，又恢復以往那清清亮亮的深棕色；然後坐下來試著鼓勵他打起精神，說出他究竟碰上什麼事。

可憐的河鼠竭盡全力，一點一滴地想把事情解釋清楚；只是他要如何把那些原本就多半是暗示、詭想的東西訴諸於冰冷的言語？出沒無常的大海之音原是唱給自己聽，又怎麼能夠為了別人而回憶得起？怎麼能夠經由轉述，重現海鼠那無數追懷的魅惑？即使是對於自己，在魔咒已除，魅力已然消失的現在，他也很難清楚那才不過幾個小時以前，感覺上像非做不可、天下唯一的事情。因此，他無法針對今天一天所經歷的事，向鼴鼠傳達一點清楚的意念，自然也就不足為奇了。

對河鼠來說，有一點卻是十分明白的：那陣狂熱、或者該說是發作已經過去了；儘管它的效應令他震動沮喪，但畢竟已恢復清醒。只是這時的他對於日常生活之中的諸多事情、以及搶在跟著時序轉移而來那種種變化之前報到的所有愉快預兆，一時間都顯得興味索然。

這時鼴鼠一副漫不經心的樣子，輕描淡寫地將話題轉移到別的方向收割之中的農作，車上堆積如山的貨馬車和賣命拉車的馬匹，越疊越高的乾草堆，還有高高升到東一束、西一捆作物的光禿田地上空的月亮。他提到附近正在轉紅的蘋果、轉為褐色的堅果；提到果醬、蜜餞和補酒的釀造；終於，自然而然將話題延伸到仲冬，談起仲冬時節洋溢的歡樂，與溫暖舒適的家居生活，說著說著不由得興奮起來。

漸漸地，河鼠開始坐挺身子，加入談話，他那呆滯的眼神亮了起來，也不再完全一副那麼無精打采的樣子。

鼴鼠立即技巧地悄悄退開，回來時手中拿著一支筆和幾張半截的稿紙，擺在好友附近的桌上。

「你已經好久好久沒有寫過一首詩了，」他說道：「今晚你大可以試做看看，而不是——唔，沉思冥想一大堆的。我在想，一旦你寫下點兒什麼——只要是協韻的——心情就會好多嘍。」

河鼠懶洋洋地把稿紙推到一旁，而心思細密的鼴鼠卻藉故離開房間，等過一段時間後再悄悄探頭窺視，只見河鼠正全神貫注地時而振筆疾書，時而吮著筆端，對於外面的世界充耳不聞。不錯，他吮筆端的時候是比振筆疾書的時間多；不過，知道這一招終於開始收到了療效。鼴鼠仍舊很開心。

# 第十章・蛤蟆歷險續記

樹洞的大門開向東方，因此蛤蟆一大早就被喚醒；部分是因不斷灑在他身上的陽光，部分是為了腳趾頭極度的冰冷；這讓他夢見自己正處於一個寒冬的夜晚，睡在家中那有著都鐸式窗戶的房間裡，所有的被單、被褥……都已醒來，嘀嘀咕咕地抗議再也受不了寒冷，紛紛奔下樓到廚房的火爐邊取暖；而他也光著腳板一哩又一哩地跟在後頭窮追不捨，又是爭吵、又是哀求的要他們講講理。倘若不是他已有好幾週時間都睡在石板地的乾草堆上，幾乎忘了全身裹著厚厚毛毯的那股舒適感，說不定早已醒來大半天了。

他翻身坐起，先揉揉眼睛，再搓搓大發牢騷的腳趾頭，一時間搞不清自己身在何處，東張西望地找尋一堵熟悉的石牆，或者小小的鐵柵窗；這時，心頭驀然一震，想起了一切——他的越獄，他的逃亡，他的遭受追捕；想起最重要也是最棒的一件事——他自由啦！

自由！單是這個名詞和這個念頭就值五十條毯子。想起外面的歡樂世界，他由頭頂溫暖到腳底，迫不及待地等著即將奉獻給他、討他歡心、就像往日禍事尚未臨頭前一樣急於激勵他、陪伴他的勝利樂章奏起。他抖抖身子，用手指把沾在頭髮上的枯枝敗葉梳掉；盥洗打扮既畢，隨即大步邁向舒暢的朝陽，身上雖然寒冷卻頗有自信，腹中雖然飢餓卻滿懷希望，所有昨日緊張的恐懼在經過一夜休息、睡眠，和眼前熱情大方的陽光洗禮後全都一掃而空。

在那初夏的早晨，整片天地都是他一個人的。當他穿行其間，那露珠點點的林地幽深而寂靜，緊接而來的青翠田原隨他愛拿它們怎麼辦就怎麼辦；等他走到馬路上，整條馬路孤孤單單，就像一條走失的流浪狗，焦急地尋找有誰來做伴。然而蛤蟆尋找的卻是一個可以開口說話的東西，好告訴他該往哪裡去。當你心情愉快，頭腦清醒，口袋裡有錢，又沒人到處搜查準備把你拖回牢房，這樣不管天南地北、任憑馬路通往哪裡就往哪裡的走法確實很愜意。可是實際上蛤蟆的心裡卻是真的掛慮得很；在這一分一秒對他都無比重要的節骨眼上，他只差沒因馬路那無用的沉默而踢它一腳。

不一會兒，一條運河狀的害羞小兄弟就來加入沉默士氣的馬路，親親密密地與它手著手從從容容並肩漫步，只是這條運河一樣不言不語，對陌生人擺出一副三緘其口的態度。「煩死人啦！」蛤蟆自言自語：「不過，無論如何，有件事情很清楚：它倆必定來自某處，將要去向何方。你不能就這樣做罷，蛤蟆，好兄弟！」於是，他繼續耐心地沿著河畔走。

就在運河的某個轉彎處，一匹孤苦零丁的馬匹疾馳而來，垂著頭，彷彿在焦急地尋思什麼。

繫在他項圈的挽轡後拖著一條長繩，繃得緊緊的，只在每一跨步間垂下，長繩的後段滴著晶瑩剔透的水珠。蛤蟆任那馬匹撒腿奔去，站在一旁等看能交上什麼運道。

圓鈍的駁船船首劃過平靜的水面，掀起一陣輕快的漩渦，色彩鮮艷的船舷上緣和縴路比肩齊高，船上只有一名戴著亞麻布寬邊遮陽帽的粗壯婦人，一隻結實的手臂擱在舵柄旁。

「多美好的早晨啊，太太！」船划到與蛤蟆隔岸相對的位置，婦人對蛤蟆招呼著。

「絕對是的，太太！」蛤蟆沿著縴路，與那婦人維持平行行道，客客氣氣地回答：「我敢說除了像我這樣愁得不知如何是好的人，這絕對是個美好的早晨。喏，我有個嫁了人的女兒急匆匆地派了人要我馬上去看她；所以我就根本不知道究竟出了什麼事，或者會出什麼事，只顧擔著最壞的心來啦；太太，假使妳也是位母親的話，一定就會明白。況且我還丟下了正事——妳想必曉得，太太，我做的是替人洗洗燙燙衣服這行——又把小孩留在家裡讓他們自己照顧自己；而天底下再也找不出比他們更頑皮、更會闖禍的小鬼頭了，太太；偏偏我又掉失了錢，走迷了路，至於我那嫁人的女兒究竟出了什麼事，噢，我想都不願去想了，太太！」

「妳那嫁人的女兒住哪兒啊，太太？」船婦問。

「她住在離河不遠的地方，」蛤蟆回答：「靠近一座叫做蛤蟆府的漂亮宅子，就在這一帶附近而已。也許妳聽過這地方。」

「蛤蟆府？噢，我自己正要朝那方向去。再過幾哩路，這條運河就會在蛤蟆府上游一點點的地方匯入河流；下來的路就好走嘍。妳上船來和我一道兒去吧，我順路載妳一程。」

她把船划近岸邊，蛤蟆又是恭敬、又是感激地再三稱謝，這才動作靈活地上了船，沾沾自喜地坐下。「又是蛤蟆的運氣！」他想著：「我總是碰上最棒的！」

「這麼說來妳是從事洗衣這一行的囉，太太？」駁船滑過水面，船婦客氣地問：「容我冒昧地說，妳一定做得出色極了！」

「全郡裡最好的。」蛤蟆不假思索地說：「所有的上流人家都來找我——就算付錢給他們也不往別處去；他們太瞭解我啦。喏，我徹徹底底懂得這工作，而且一切親自打理。洗衣、燙上漿，打點紳士們晚會穿的上好襯衫——全都兩眼盯著！」

「但妳一定不至於自己一個包辦這所有工作吧，太太？」船婦肅然起敬。

「噢，我雇用女孩，」蛤蟆輕率地表示：「二十來個女孩，整天在工作。妳曉得是什麼樣的女孩，太太！輕浮佻達的小姑娘們；我是這麼稱呼的！」

「我也是。」船婦熱烈附和。「不過我敢說妳一定把妳手底下那些糾正得中規中矩的那些懶惰兮兮的女孩！妳非常喜歡洗東西嗎？」

「我喜歡；」蛤蟆說：「我簡直愛極了！當我把雙手泡在洗衣桶裡，那種快樂什麼也沒得比。不過，話說回來，這對我來說太容易啦！一點困難也沒有！我向妳保證，是絕絕對對的樂趣，太太！」

「遇見妳是多麼幸運啊！」船婦若有所思地表示：「對我們倆來說都是個好運氣！」

「喂，妳的意思是——？」蛤蟆緊張了。

「唔，來，看看我，」船婦回答：「和妳一樣，我也喜歡洗衣服。說到這個，不管我喜不喜歡，自然還是得像這樣邊駕著船到處去，邊做完所有的分內之事。而我的丈夫呢，又是這麼個愛逃避自己工作的人，把整艘船全丟給我，讓我騰不出一點兒時間來做自己的事情。照理說不管是掌舵也好，照料馬匹也好，現在他人該在這兒才對；幸好那匹馬夠聰明，懂得自己該怎麼做。結果呢，他反倒是帶著一條狗跑出去，去看看能不能到哪裡抓隻兔子當午餐，說是會在下一個水閘趕上我。唔，或許會吧——我可不信任他。只要他一帶那條狗出去，天底下就沒人比他更差勁了。不過，話說回來，這下子我要怎麼洗衣服呢？」

「噢，別管洗衣服的事啦，」蛤蟆不喜歡這話題：「試著把妳的心思集中在那隻兔子上。我相信，保證是隻肥肥胖胖的兔子。有洋蔥吧？」

「除了待洗的衣物，我什麼心思也無法集中。」船婦說：「倒是妳；眼前有這麼開心的事情等著你，真奇怪妳怎麼還能談到兔子上去。妳可以在船艙的某個角落，找到我的一堆衣物。要是妳肯趁我們的船前進時從裡頭挑一、兩件最需要的那種——在像妳這樣一位女士面前，我不敢斗膽詳加描述；不過妳只要瞧上一眼就必定能分辨得出——放進洗衣桶裡。如此一來，正如妳所說的，對妳將是一大樂事，對我呢，也是一大幫助。妳可以隨手找到一個桶子，一塊肥皂，爐子上有隻茶壺，再拿個吊桶從運河裡汲水上來。到時候妳就會樂在其中，不會再閒閒地坐在船上，伸長了脖子看風景伸得脖子都快斷了。」

「喂，妳把船交給我駕駛吧！」這會兒，蛤蟆真的嚇得魂都飛了：「這樣妳就可以照自己的方式清洗你們的衣物了。我說不定會把妳的東西洗壞掉，或者處理的方式不合妳的意。我本身比較習慣洗濯紳士們的東西。那是我的專長。」

「讓妳駕駛？」船婦哈哈大笑：「想要駕好一艘駁船先得費點工夫練習。再說，這是個沉悶的工作，而我希望妳快樂。不，妳還是做妳熱愛的洗衣工作，我則堅守自己瞭解的駕駛崗位。請千萬別剝奪我讓你高興的樂趣。」

蛤蟆真的走投無路了。他尋求脫身之道，結果發現離岸太遠，不可能縱身一躍而逃走，只好悻悻然聽天由命啦！「倘若當真走到這步田地，」他絕望地想著：「我想大概每個傻瓜都能洗吧！」

他從船艙裡拿了桶子、肥皂，還有其他必需品，隨便挑選幾件衣服，盡力回想以前在洗衣店窗口無意瞥見的情況動起手來。

長長的半小時過去了，蛤蟆一分鐘比一分鐘顯得更暴躁。無論他用盡各種方法，也無法取悅那些衣服或者收到什麼效果。他試著好言相勸，試著用力拍打，試著拿棍棒去戳去剝，而它們卻帶著固有的罪惡躺在桶子裡，不改其樂地對他笑臉相向。其間他曾一兩度緊張兮兮地回頭看看那船婦，不過她好像一直正視前方，專心駕駛她的船。他腰酸背痛，而且驚慌地注意到自己的兩隻爪子正開始變得皺巴巴。噢，蛤蟆一向非常以自己的爪子為傲哩。他暗地裡低聲抱怨，嘀咕一些絕對不該出自任何洗衣婦或蛤蟆口中的話；同時，掉落第十五次肥皂。

一陣爆笑惹得他直起腰桿，左顧右盼。那名船婦正仰著頭笑不停，眼淚直沿兩頰流。

「我一直在注意你，」她喘著氣說：「心想依照妳說話時那種自吹自擂的樣子，想必自來就是個吹牛大王。好一個洗衣婦哇！我敢打賭，妳這輩子至多只洗過抹布之類的東西。」

蛤蟆拼命壓抑了好一陣子的脾氣，這會兒已經火大到了頂點，再也克制不住自己。

「妳這低俗、卑賤、肥胖的船婦！」他大吼：「妳好大膽子，敢這樣對比妳有身份的人說話！真是的，洗衣婦！我叫妳知道我是一隻蛤蟆，一隻名聲響亮、人人尊敬、高貴傑出的蛤蟆！目前我或許受到一點嫌疑，不過我可不受一個船婦的嘲笑！」

婦人湊上前來，目光凌厲地仔細端詳那張遮在圓帽下的面孔。「啊，你果然是！」她大叫大嚷：「噢，媽呀！一隻恐怖、齷齪、令人毛骨悚然的蛤蟆！竟跑上我乾淨漂亮的駁船上來！歐，這才是我絕不允許發生的事。」

她立即放開舵柄，二隻斑駁的大手臂猛然抓向蛤蟆的一隻前肢，另一隻手緊緊抓著蛤蟆的一隻後腿。接下來忽然一陣天旋地轉，駁船似乎輕快地掠過天空，風在蛤蟆耳朵裡呼嘯，他發現自己正凌空飛去，邊飛身體邊打旋。

等他終於「潑喇！」一聲落到水裡，河水冷得教他受不了，只是那股冷冽卻還不足以澆息他

的傲氣，抖落半分他的暴怒。他氣急敗壞地噴著水珠冒出水面，抹掉沾在眼前的浮萍，首先映入眼底的就是那船婦站在漸行漸遠的船尾，回頭望著他哈哈大笑；他又咳又嗆、高聲咀咒報復她。

他奮力地游向岸邊，但棉布長裝大大阻礙了他的努力，等到好不容易碰到陸地，又發現在沒有助力的情況下很難爬上陡峭的堤岸。他先得休息個一、兩分鐘好恢復正常呼吸；然後把溼淋淋的裙子高高拉到手臂上方拎好，開始運步如飛地追逐那艘駁船，氣得七竅生煙，恨不得馬上復仇才好。

當他追到與船平行，船婦還在哈哈大笑。「把你自己放到軋布機軋平吧，洗衣婦，」她高喊：「然後燙好你的臉再打打褶縐，你就可以稱得上是一隻相當漂亮的蛤蟆啦！」

蛤蟆沒有停下腳步反駁。雖然他是有幾句話很想一吐為快，不過心裡想的單單只有一個復仇的念頭，而不是口頭上面空泛、不值幾文的勝利。他看見自己要的東西就在前方，於是快速奔馳追上馬匹，解開拖纜拋掉，輕盈地跳上馬背，猛踹馬腹催促他撒開大步奔馳。他背離縴路朝著開闊的田野跑，掉轉馬頭衝下一條鄉間小路。中間他一路扭頭回顧，看見駁船擱淺在運河的對岸，船婦瘋狂地槌胸頓足，大叫：「停下，停下，停下！」

「這一套我早就聽過啦！」蛤蟆放聲大笑，繼續用馬刺踢著風馳電掣中的馬匹要他更賣力。

拖船的馬匹沒有辦法從事任何持續太久的努力，他的疾馳很快就減緩為慢跑，慢跑又漸漸降為悠閒的走步；不過蛤蟆心知無論如何自己總是在移動中，而駁船卻是動彈不得，已經萬分滿意了。做完這件自以為聰明得不得了的事後，他的脾氣完全恢復了；他心滿意足地在陽光下悠然騎著馬匹徐徐前進，充分利用每條僻徑和供人騎馬的小路，試著遺忘自從上次飽餐一頓到現在已有多久時間，直到將運河遙遙拋在身後。

他和他的馬匹已經奔波好幾哩，正當感覺在烈日下曬得昏昏欲睡，馬匹忽然停下腳步，垂下頭開始吃青草；而蛤蟆也驀然清醒，正好及時憑一番工夫使自己免於摔下馬背。他環顧四周，發現自己身在一塊遼闊的公有地上，極目所見，處處都點綴著一小片一小片的金雀花和覆盆子花田。在他附近停著一部髒兮兮的吉普賽拖車，拖車旁邊有個男人坐在倒蓋的水桶上，正忙著抽菸、凝視廣大的天地。近旁是堆燃燒柴枝的火堆，火堆上方吊著一個鐵鍋，鍋中冒出咕嘟咕嘟的沸騰聲，以及隱隱約約的煙氣。另外還有些味道——溫暖、豐富、各式各樣的味道——他們互相纏繞、糾結、擰扭，最後形成一股精致完美、令人食指大動的味道，就像在自己孩子面前成形現身的大自然；一位道地的女神；安撫和慰藉的泉源。蛤蟆現在深深瞭解自己以前從未真正餓過了。今天稍早的那種感覺充其量不過是一小陣暈眩而已。總算，這是一件真正的正事，絕無半點疑問；而且必須快速處理，否則某人或是某件東西就會麻煩嘍！他仔仔細細打量那吉普賽人一番，微微訥悶是要和對方打上一架，或是用甜言蜜語哄騙他比較容易。於是，他坐在馬背上一口一口吸著那香味，同時盯著吉普賽人，吉普賽人也坐在那裡一口接一口抽著菸，瞅著他。

沒多久，吉普賽人取下菸桿，以一種漫不經心的口吻問：「想賣掉你那匹馬嗎？」

蛤蟆當真嚇了好大一跳。他並不知道一般吉普賽人都非常熱衷於馬匹買賣，從來不肯錯失一次機會，也沒有深思過拖車隨時都在移動，需要大量的拉車工作。他事先想都不曾想到過要拿馬匹換現金，不過吉普賽人的提議似乎為他迫切想要的兩樣東西鋪上坦途——現金以及紮紮實實的一餐。

「什麼？」他說：「讓我賣掉我那匹年輕漂亮的馬？噢，不；門兒都沒有。到時候每個禮拜誰來載送清洗的衣物到我的顧客們家裡去？再說，我太喜歡他了，而他也著實深愛我。」

「試著去愛匹驢子吧；」吉普賽人建議：「有些人會的。」

「你似乎不明白，」蛤蟆又說：「我這匹好馬要比你那些全加起來都強。真的，他算得上是部分純種馬；當然，不是你看到的這一部分——是另一部分。而且在他正風光的時候，曾經得過赫克尼獎——那是在你認識他以前的事情，不過要是你對馬匹真有那麼一點內行的話，絕對可以一眼分辨得出來。不，想都甭想一下。不過，還是請教請教，像我這樣一匹又漂亮又年輕的馬匹，你大概會出多少錢買呢？」

吉普賽人細細察看那匹馬，然後同樣小心地上上下下打量過蛤蟆，再盯著馬匹，撂下一句：

「一條腿一先令。」說完轉身又抽起菸斗，試著凝視、分辨出廣大世界的容貌。

「一條腿一先令？」蛤蟆嚷嚷：「要是你願意，我必須花點時間算算，看看結果是怎樣。」

他爬下馬背，放他吃草，坐到吉普賽人身旁扳著手指頭算了算，終於開口道：「一條腿一先令？唔，那麼總共是整整四先令，一文也不多。噢，不；我不能想像只收四先令，就賣掉我這匹年輕又漂亮的馬。」

「好吧，」吉普賽人說：「我來告訴你我的辦法。我願意加到五先令；這已經比那牲口的身價高出三又六辨士了。這是我的最後決定。」

蛤蟆坐在那兒深思熟慮良久。因為他現在肚子又餓，又身無分文，離家還有好一段路——他不知道究竟有多遠——要走，而敵人又很可能還在搜尋他。對於一個處在這種境況的人而言，五先令看起來該是非常大的數目了。反過來說，對一匹馬而言這似乎不算高價。不過，話又說回來，這匹馬得來不費他一分一文；所以不管賣多少價錢，他都是淨賺。最後，他斷然表示：「聽著，吉普賽人！我來告訴你我的辦法；而且這是我的最後決定。你得付我六先令零六辨士，現金；再來，除此之外，你還要供應我一頓早餐，從你那飄著香噴噴誘人味道的鐵鍋裡舀取，隨我吃多少給多少。當然，限我一口氣吃完的才算數。相對的，我會把我這匹精力充沛的小馬交給你，連帶他身上所有漂亮的挽具、繫韁一概免費附贈。要是你覺得條件對你不夠優厚，不妨直

說，我騎了馬就走。我認識這附近有個人，想要我這匹馬已經想了好幾年啦！」

吉普賽人喋喋不休地抱怨了半天，聲稱若再多做幾趟這種買賣他準會破產。不過最後他還是從長褲口袋深處扯出一個髒兮兮的帆布袋子，數了六先令零六辨士交到蛤蟆爪中。接著他鑽進拖車裡頭不見人影，不一會兒，便拿著一個大鐵盤和一副刀、叉、湯匙出來。他抓開蓋，一陣豐盛熱燜肉的濃煙嗤嗤地自盤中竄起。不錯，這的確是全天下最美味的燜肉，材料包括松雞、雉、小雞、野兔、兔子、雌孔雀、珠雞、還有另外一、兩樣東西。蛤蟆把盤子放在大腿上，只差沒哭出來，他拼命往嘴裡塞、塞、塞，還不斷要求再一盤，再一盤，吉普賽人倒也不吝嗇，心想他準是一輩子都沒吃過這麼好的早餐。

蛤蟆直吃到覺得肚子再也撐不下為止，這才站起來向吉普賽人道別，同時裝模作樣地向馬匹說再會，而對河域相當熟悉的吉普賽人也向他詳細指點路徑，於是他便神采奕奕地重新踏上旅程。事實上，他和一個小時前那隻蛤蟆已經截然不同啦。太陽高照，他那溼淋淋的服裝又全乾透了，口袋裡再次裝著金錢，距離家園、朋友和安全都已不遠，更棒的是他剛剛飽食了一頓又熱又營養的大餐，感覺自己高大、強壯、無憂無慮、志得意滿。

他愉快地大步前進，心裡想著自己的幾度冒險和脫險，以及每到山窮水盡疑無路之際，卻又總能柳暗花明又一村；於是胸中的驕傲和自負開始膨脹起來。「嗬！嗬！」他邊走邊昂著頭自言自語：「我是多麼聰明的一隻蛤蟆啊！世上絕對再沒一隻動物比得上我這般聰明機靈啦！我的敵人把我禁錮在牢裡，四周全是守衛，日夜都有獄卒緊盯著；我但憑卓絕的能力結合無比的勇氣，把他們全都拋諸於腦後。他們開著火車頭、帶著警察、配著手槍來追拿我；我全不當他們一回事，哈哈大笑，消失得無影無蹤。我很倒楣，被一個心腸惡毒的肥婆扔進運河裡。結果呢？我游泳上岸，抓走她的馬，得意馳騁，賣了馬匹，換到滿滿一口袋金錢和一頓棒透了的早餐！呵！呵！我是蛤蟆，英俊瀟灑人緣好、功成名就的蛤蟆！」

他是如此自我膨脹、志得意滿，於是邊走邊做了一首自誇自讚的歌曲，儘管除了他根本沒人聽到，還是扯開最大的嗓門一路高歌。這首歌，說不定是所有動物創作的歌曲中，空前絕後，最自大的一首歌了——

「世上誠有許多大英雄，
一如史書之上所證明；
但從未有過一人的聲譽
堪與蛤蟆相抗衡！

「牛津學府聰明人
通曉所有應知的事情。
但箇中無人見識之廣博
半可及於睿智的蛤蟆先生！

「動物們坐在阿肯色河中哭，
他們的淚水溶在洪水裡奔騰。
是誰開口說：『前方就是陸地啦』？
振奮人心的蛤蟆先生！

「大隊軍人皆致敬
正當沿著馬路大步行。
是陛下？或者吉青納將軍？❶

❶ 英國軍事將領（一八五〇～一九一六）及駐非洲、印度等殖民地之官員。

不。是蛤蟆先生！

「皇后還有她的侍女們
坐在窗口旁邊做女紅。
她大叫：『瞧！那位英俊男士是何人？』
她們答道：『蛤蟆先生。』」

另外，還有許許多多類似的詞句，只是實在自吹自擂得嚇死人，讓人不好意思寫下來。這些還算其中比較委婉的段落呢。

他還唱邊走，邊走邊唱，越來越自以為了不得。只是才不過短短的工夫，他的驕傲就遭到一個無情的打擊。

在鄉間小路間走了好幾哩後他來到大馬路上，放眼望去，在白色長路上面看見一小斑點漸漸朝他接近，不久變成一塊大斑點，再轉變成一個圓團，最後化為某樣十分熟悉的東西；緊接著，兩聲熟得不能再熟的警告聲音鑽進他耳朵。

「這個好極啦！」興奮的蛤蟆說：「這又是真正的生活啦，又一次面對我懷念已久的大世界啦！我要向他們打招呼，我的大亨兄弟們，告訴他們一則故事，一則迄今為止如此成功的故事；而他們自然也會順道載我一程，到時我會再多告訴他們一些；說不定，運氣好的話，我甚至能夠開著車子直達蛤蟆府！到時候，獾就要刮目相看啦！」

他滿懷自信地舉步走到馬路中，招呼那部汽車。車子悠悠閒閒地開過來，在靠近小路旁邊時放慢了車速；突然間，他面如死灰，心往下沉，膝蓋抖顫難以站立，一股說不出的苦悶令他彎下腰，整個人都崩潰了。倒楣的動物，難怪他會崩潰囉；因為那部漸漸逼近的汽車，正是他在那要命的一天從紅獅旅社的車場偷出、由此揭開所有麻煩的那部！而坐在車裡那群人，也正是他在咖啡廳裡吃午餐時看見的那幾個！

衣衫襤褸的他可憐兮兮地一屁股坐在馬路上，心灰意冷地喃喃自語：「完啦！這下全都完蛋啦！又要面對警察、枷鎖啦！又要坐牢啦！又得啃乾麵包配白開水啦！我幹什麼想要在田野裡到處大搖大擺，唱自吹自擂的歌，還大白天的在大馬路上招呼他人，而不安安分分等到天晚，再悄悄地從罕有人走的鄉間道路溜回家！噢，不幸的蛤蟆！噢，歹命的蛤蟆！」

可怕的汽車緩緩地愈靠愈近，終於在他面前短短幾步路外停住。車上下來兩位紳士，走到這悽悽慘慘倒在馬路上發抖的東西旁，其中一人說，「噢，老天！好慘啊！是個可憐的老東西——顯然是名洗衣婦——暈倒在馬路上哩！也許是受不了這炎熱，可憐人；也可能是今天連一口食物都還沒吃。我們來把她抬到車上，載到最近的村莊。在那裡她一定有朋友。」

兩人動作溫和地把蛤蟆抬上車，用幾個軟墊撐著他坐穩，繼續往前行駛。

蛤蟆一聽到他們用那麼好心、憐憫的態度談話，就知道自己沒被認出來，他的勇氣開始恢復，先小心翼翼地睜開一隻眼睛，再睜開第二隻。

「瞧！」一位紳士說：「她已經好多了。清新的空氣對她有幫助。妳覺得怎麼樣，太太？」

「多謝你的好心，先生。」蛤蟆聲音虛弱地說：「我覺得好多啦！」

「那就好，」紳士說：「現在安安靜靜坐著別動，還有，最重要的，千萬別勉強支撐著開口說話。」

「我不會的。」蛤蟆表示：「我只是在想，要是我能坐在前座那邊，司機旁的位置，就能夠吸到迎面而來的清新空氣，應該會很快完全好起來。」

「多聰明的婦人啊！」紳士說：「妳當然會的。」於是，他們又小心翼翼地扶著蛤蟆坐到了前座的司機旁，然後再度上路。

這會兒蛤蟆差不多完全恢復正常了。他坐挺身子東張西望，試圖打倒顫慄、嚮往、還有那不斷上漲、糾纏他、完完全全佔據他的渴望。

「是上天註定！」他暗自想著：「何必奮鬥？何必掙扎？」然後扭頭對身旁的司機說：「拜

託，先生，但願你能好心讓我開一下這車子看看。我一直仔細觀察你的動作，看起來好容易又好有趣啊，我真希望能告訴朋友們說我曾經開過一輛汽車。」

司機一聽笑不可遏，惹得紳士探問是怎麼回事。聽完原因，他做出令蛤蟆開心的回答：「真勇敢啊，太太！我喜歡你的精神。就讓她試試吧；小心看著她。她不會闖什麼禍的。」蛤蟆迫不及待地爬上司機挪出的位置，假裝謙虛地聆聽指導開動車子，只是一開始時開得很慢很小心，因為他已決心要謹言慎行。

後座的紳士們鼓掌喝采，蛤蟆聽到他們說：「她開得多棒啊！想想看，一個洗衣婦初開車就能開得這麼好！」這話擾亂了他的心神，他開始失去了理智。

司機試圖插手，他卻拐他一肘，打得他跌下座位，並且將車開到高速。迎面撲來的氣流，嗡嗡作響的引擎聲，還有身體底下車子輕微的彈跳在在迷醉了他脆弱的腦筋。「洗衣婦，真是的！」他孟浪地大吼：「嗬！嗬！我是蛤蟆，搶奪汽車，破壞獄政，總是能夠逃脫的蛤蟆！坐穩啦，你們將會見識到什麼才叫真正的開車，因為你們是在名聞遐邇、技術高超、不知害怕為何物的蛤蟆手頭上。」

車上掀起一片驚駭叫聲，大家紛紛朝他撲來。「抓住他！」他們大叫：「抓住蛤蟆；這偷竊我們汽車的卑鄙動物！綁住他、鏈住他，把他拖到最近的警察局！打倒不顧死活、危險的蛤蟆！」

哎呀！他們早該想到；他們應該更加小心謹慎；他們早該記得在沒出什麼亂子以前先把車停住。蛤蟆將方向盤轉了半個圈，讓車子筆直撞破成排立在路邊的矮樹籬。一個猛力的彈跳，一陣激烈的撞擊，汽車的四輪翻起一汪飲馬池中厚厚的爛泥。

蛤蟆在強勁的上衝力挾帶下凌空飛躍，畫出如燕子飛行般優雅的曲線。他喜歡這動作，心頭正開始納悶它是否會持續到自己生出雙翼，變成一隻蛤蟆鳥，就砰然一聲，背部著地，摔落在一片草場柔軟的茂草上。他翻身坐起，僅能望見那汽車在水池裡快要完全淹沒；幾名紳士和司機受到長大衣的拖累，正在水中無助地揮舞四肢，拼命掙扎。

他趕緊站起身來，卯足全力奔過田野，爬過樹籬，跳過溝渠，衝過田地，直到累得半死、上氣不接下氣，這才放慢速度，轉為閒適的散步。等他稍微喘過氣來，能夠平靜地思考，便開始咯咯地竊笑，再由竊笑轉變成大笑，笑得不得不捧腹坐在一排樹籬下。「嗬！嗬」他自鳴得意，大叫大嚷：「又是蛤蟆！蛤蟆，一如平常，表現最優異！是誰教他們載他一程？是誰拿清新空氣當藉口，設法坐到前座去？是誰說服他們讓他試試自己是否能駕車？是誰把他們全都弄到飲馬池裡頭？是誰倖免，毫髮無傷地凌空快樂飛翔；把那些心胸狹窄、滿懷怨恨、膽小如鼠的旅行者全丟在他們活該該去的爛泥裡？噢，當然，是蛤蟆；聰明的蛤蟆，偉大的蛤蟆，好棒的蛤蟆！」

於是，他又衝口歌唱，拉高了嗓音歌詠……

「汽車行駛噗——噗——噗，
當它沿著馬路馳騁。
是誰把它鬥進池塘裡？
天縱英才的蛤蟆先生！

噢，我是多麼機靈哇！多麼機靈，多麼機靈，多麼多麼機——」

遙遠的背後一陣細微的吵雜聲，促使他扭頭回顧。噢，可怕！噢，慘啦！噢，絕望！

大約隔著兩片田地遠，一名腳穿皮革高幫鞋的私人司機、兩名高大魁梧的警察身影清晰可見，他們正卯足全勁朝著自己飛奔而來！

可憐的蛤蟆一躍而起，整顆心跳到喉頭，連忙又撒開腿就跑。「噢，天哪！」他邊氣喘如牛地奔逃，邊輕呼：「我是多麼笨啊！是多麼狂妄自大、衝動莽撞的笨驢！又昂首闊步嘍！又大吼大叫唱歌嘍！又靜靜坐著瞎扯淡嘍！噢，天哪！噢，天哪！噢，天哪！」

他回頭一瞄，心驚膽顫地發現他們逐漸要追上他了。他一面不顧一切地拼命奔跑，一面頻頻回頭望，看見他們仍持續不斷地逐漸追上來。他盡了全力，偏偏自己是隻肥胖的動物，仍舊一步一步讓他們追近了。現在，他可以聽出他們就在自己背後不遠。他不再朝原訂的方向前進，只顧瘋狂盲目地奮力奔跑，扭頭望著那些此刻正威風凜凜的敵人，猝然間，腳下沒踩著泥土，他伸手向空中亂抓「嗶啦！」一聲，一頭栽進深流急湍裡，水流挾其難以相抗之力載著他往前衝，他發現自己已在盲目的恐慌中竟直奔入河裡。

他站起來浮出水面，奮力抓住生長在堤岸下水流邊緣的燈心草梗，可是流水的力道是那麼強勁，很快又將他的爪子和草梗沖散開。「噢，天哪！要是我不又偷車就好了！要是我不又唱狂妄自大的歌就好了！」——緊接著，他便沉入水底，不久又喘著氣、嗆著水浮上來。不一會兒，他發現自己正逐漸接近岸邊的一個大黑洞，洞口就在頭頂上方，趁河水載著他沖過之際，蛤蟆連忙一爪攀住洞穴邊緣，死死抓緊。再千辛萬苦地緩緩將身體撐出水面，直到兩個手肘終於能夠靠在洞口邊。然後他氣喘吁吁，停留在那兒休息幾分鐘，因為他實在精疲力盡嘍！

就在他長吁短歎、氣喘如牛、瞪著兩隻眼睛直往黑漆漆的洞裡瞧時，一個小小亮亮的東西發出光輝，在洞穴的深處閃爍微芒，朝著他這個方向移動。等那團光芒慢慢靠近後，周遭漸漸浮現一張臉；是張熟悉的臉！

小小的，棕色的，長著鬍子。

莊重滾圓，有著一雙小巧的耳朵和光滑的毛。

是河鼠！

# 第十一章‧他的淚如夏日大雨滂沱

河鼠伸出一隻乾乾淨淨的小棕爪，牢牢抓住蛤蟆的頸背用力往上拉。蛤蟆緩慢但安穩地升到洞口邊緣以上，最後終於平安無事地站立在洞裡，身上自然又是泥、又是草的直淌水。然而如今他發現自己又再度置身於朋友的家中，躲躲藏藏、縮頭縮尾的日子都已成為過去，從此可以拋開這一身既配不上自己身分地位、又得做好多活兒的偽裝，馬上又恢復往日的快樂和傲慢。

「噢，河鼠！」他嚷著：「自從我上次和你見面到現在碰上好多事情瞰，你連想都想不到！那麼多考驗，那麼多磨難，而且全都那麼英勇地承擔下來啦！接下來又是那麼靈敏的脫逃，那麼巧妙的喬裝改扮，那麼高明的遁詞和逃避手段，而且全都那麼聰明地策劃並且實現了！關在牢裡——當然，跑出來嘍！被丟進運河——游上岸啦！偷了匹馬——買了好大一筆錢！欺騙每個人——拐得他們每個人都如我所願地做！噢，我是一隻機靈的蛤蟆，絕對錯不了！你猜我最後一項輝煌成就是什麼？先別說，等我來告訴你——」

「蛤蟆，」河鼠鄭重而武斷地說：「你馬上上樓，脫了那一身看起來恐怕原本屬於某個洗衣婦的破舊棉布裝，把你自己徹徹底底洗乾淨，可能的話，儘量讓自己看來像位紳士一樣下樓；因為自我長眼睛以來，從沒見過一個比你更衣衫凌亂、溼不溜丟，看起來更不體面的傢伙！現在，別再吹牛爭辯，上去！等一下我有話要跟你說！」

最初蛤蟆真想留在那兒對他回嘴。他在監獄裡已經聽夠了命令，這會兒，情況顯然又要全部重演啦；而且還是出自於河鼠！然而，他在帽架上方的鏡子裡看到自己模樣，黑褐色的圖軟帽歪靠在一隻眼睛上方，於是改變心意，恭恭順順地急忙跑到樓上河鼠的化妝室去。在那兒，他從頭到腳仔細沐浴流洗一番，換好衣服，站在鏡子面前照了大半天，揚揚得意地注視鏡中的自己，心想那些曾一時誤當她是洗衣婦的人根本全都是白癡。

等他回到樓下，蛤蟆高興萬分地看見桌上已擺好了午餐，因為自從吃過吉普賽人所提供的那頓豐盛早飯後，他已經又嚐過了好幾番費力的經驗，做了好些劇烈的運動。午餐席間，蛤蟆告訴河鼠自己所有的冒險事蹟，重點主要落在自己的聰明才智，危急時候的從容鎮定，以及緊要關頭的機警狡猾；並且鄭重強調自己經歷了一段多采多姿的愉快生涯。但他愈是自吹自擂說個不停，河鼠愈是變得嚴肅緘默。

好不容易蛤蟆總算談自己談到告一段落，接下來是一陣沉默，河鼠隨即開口：「夠了，蛤蟆，在你已經吃過這麼多苦後，我實在不想讓你難受；可是說正經的，你難道看不出你把自己搞成個多麼不像樣的傻瓜嗎?根據你自己供認,你被上過手銬,關過牢房,挨過餓,遭過追捕,險些送過性命,受過侮辱,挨過嘲笑,還被不光彩地拋進水裡過——況且對方還是個婦人!這裡頭有什麼愉快成分?有什麼樂趣?而這一切全都因為你非得去偷一輛汽車。你知道自從你第一次看到汽車,整天除了為汽車闖禍外就沒有別的。可是就算你一定要和它們攪和在一起——就像你平時那樣,五分鐘熱度——又何必去偷?假設你是為了找刺激,撞個缺肐膊斷腿隨你;若非如此,而是你一心一意非要它不可,撒大把鈔票的搞得破產也行;但何必選擇當個罪犯?你要到什麼時候才會懂事明理,想想自己的朋友們,努力讓他們以自己為傲?比方說,你想看看,當我四處走動,聽到動物們說我就是那個與罪犯為伍的傢伙,會有什麼快樂嗎?」

喏,蛤蟆是隻好心透頂的動物,天生就有容易相處的個性,從來不介意被自己真正的朋友叱責。而且即使是在為某件事被批評得狗血淋頭的時候,也總是能夠看到問題的另一面。因此,儘管河鼠講得這麼鄭重其事,他仍然不斷默默對自己說:「可是,真的是很好玩嘛!好玩死嘍!」喉嚨裡還發出各種壓抑下來的奇怪聲音:ㄎㄧ—ㄧ—ㄎㄜ—ㄎㄜ,噗—ㄆ—ㄨ—ㄆㄨ……等等諸如此類的悶哼,或者開汽水瓶的聲響,然而當河鼠的話全說完後,他卻發出一聲長長的歎息,乖乖順順、服服貼貼地說:「對極了,河鼠!你自來是多麼正直高尚啊!沒錯,我完全明白,我一直是隻自以為了不起的大笨蛋;但是現在我準備當隻好蛤蟆,絕不再犯了。至於汽車嘛,自從我剛剛栽進你那條河後，就不再對它們那麼熱衷了。事實上正當我掛在你的洞邊喘氣時，忽然產生一個念頭——一個真正妙透了的念頭——和汽艇有關的——喂，喂！別那麼激動嘛，老兄，也別直跺腳，別杞人憂天；這不過是個念頭，現在我們不再談它了。我們來喝個咖啡，抽個菸，閒適地聊聊，然後我就一路悠悠哉哉地走回蛤蟆府，穿上自己的衣服，著手讓一切恢復舊觀。我已經冒險冒夠了。我將過個平靜、安定、受人尊敬的生活，在我的產業裡四處閑逛並且改善它，偶而做點小小美化環境的園藝工作。只要有朋友來訪時，隨時都會有點心餐餚招待他們；同時在我感到煩躁、想要做些什麼以前，我將會像美好的往日一樣時常騎著小馬，在村子裡到處蹓躂。」

「悠悠哉哉走回蛤蟆府？」河鼠激動莫名地大叫：「你在說什麼？難道你的意思是你還沒有聽說？」

「聽說什麼？」蛤蟆剎時臉色發青：「說啊，河鼠！快！別瞞著我！我聽沒說什麼？」

「莫非你打算告訴我，」河鼠握著拳頭重重搥擊桌面，大吼：「你沒聽到任何有關白鼬和黃鼠狼的事？」

「什麼，野樹林族？」蛤蟆肢搖股顫，嚷著：「不，別說了！他們做了些什麼？」

「——還有他們是怎麼來到蛤蟆府並佔為己有？」蛤蟆接口說。

蛤蟆手拄著餐桌，雙爪支頤，兩邊眼睛各湧出一顆豆大的淚珠，溢出了眼眶，「啪答！啦答！」掉在桌上。

「說下去，河鼠，」他立即嘍嘍嗚嗚地說：「把一切詳情告訴我。最糟糕的已經過去了。我又是一隻動物了。我可以承受。」

「就在——你——捲進——那——麻煩時，」河鼠一字一字、令人印象深刻地說：「我的意思是，當你因為有關——呃，一部機器——的誤會，暫時——從社會上消失時——」

蛤蟆只是點點頭。

「嗯，這裡自然到處議論紛紛，」河鼠繼續往下說：「不只是沿著河畔一帶，甚至在野樹林裡也是。正如一般情況，動物們各自偏向一方。河岸居民支持你，說你受到不名譽的對待，還說如今國內根本沒公理。但野樹林裡的動物卻說了好多刻薄話，還說你是自作自受，現在該是這種事情停止的時候嘍。他們目中無人，到處說你這次完蛋啦！你永遠，永遠，永遠不會再回來！」

蛤蟆再次點點頭，保持沉默。

「像他們那種小畜牲就是這樣子。」河鼠接著說：「但鼬鼠和獾卻不顧艱難，始終忠貞不渝地為你辯護，說無論如何，你一定會很快歸來。他們不確定用何種方式，但總茗之一定會！」

蛤蟆再度挺身坐正，微微牽動嘴角。

「他們根據案例爭辯，」河鼠又敘述：「說有史以來從未見過像你這種有財有勢、厚顏無恥、外表看起來有模有樣的人被判刑。因此他們設法將自己的東西搬進蛤蟆府，睡在那裡，保持房屋通風，隨時準備好一切等著你出現。當然，他們猜不到往後會發生什麼事，但對於野樹林動物仍抱存自己的疑慮。現在我要談到這個故事中最痛苦、最悲哀的一段了。一個月黑風高的晚上——天色非常暗，狂風呼呼吹，街上只剩貓和狗——一支黃鼠狼隊全副武裝，悄悄爬上通往前庭的馬車道。同一時間內，一支奮不顧身的雪貂隊通過果菜園向前挺進，佔領了後院和辦公間；另一支善戰的白鼬隊伍則暢行無阻佔據了溫室和彈子房，敞開向著草坪的落地窗。」

「鼴鼠和獾正坐在吸菸室裡的壁爐談天說地，絲毫沒有起疑心，因為那兇狠好鬥的惡棍是選在一個不適合任何動物外出的夜晚，跑出來拆掉好幾扇門板，從四面八方團團圍攻他們。他倆全力奮戰，但又有何用呢？他們手無寸鐵，又是意外遭到攻擊，再說雙手難敵四拳，兩隻動物又怎可能抵抗數以千百計的大軍。他們手持棍棒兇狠地毆打那兩。個忠心耿耿的可憐東西，把他們趕出又溼又冷的戶外，還對他倆施以無數的侮辱和唐突必無禮的詈罵。」

狼心狗肺的蛤蟆聽到了這裡竟然爆出一聲竊笑，然後恢復鎮定，力圖表現出一副特別嚴肅的樣子。

「從此以後，野樹林族就住進蛤蟆府裡，」河鼠表示：「並且迷戀上那兒了！」白天裡有大半天賴在床上，隨時可能吃早餐，整個地方搞得亂七八糟（聽說），簡直不堪入目。吃你的食物，喝你的飲料，對你惡意嘲弄，淨唱些含沙射影的歌，內容是些——呃，是些有關監獄、地方法官、警察等等的；全是惹人厭惡的人身攻擊歌曲，沒有半點幽默可言。而且他們告訴那些商人和所有的人說，他們要永遠住在那裡。」

「哦，他們要！」蛤蟆站起來抓住一支長棍：「我倒很樂意立刻料理此事！」

「沒用的，蛤蟆！」河鼠望著他的背影高喊道：「你最好回來坐下；這樣跑去只會自找麻煩。」

可是，蛤蟆已經走了，喊也喊不住。他飛快地大步走下馬路，肩上扛著棍棒，怒氣沖沖地邊冒火邊嘀咕，一直走到自家大門附近，忽然間從籬後面跳出一隻提著槍的黃雪貂。

「來者何人？」體型長長的雪貂厲聲問。

「廢話！」蛤蟆氣得暴跳如雷。

「你是什麼意思，敢這樣對我說話？馬上報上你的姓名，否則我——」

雪貂住口不語，把槍架到肩膀上。蛤蟆機靈地臥倒在地，砰！一顆子彈自他頭頂呼嘯而過。

震驚的蛤蟆慌忙爬起，運步如飛地沿著大馬路逃之夭夭；他一面跑，還聽那隻雪貂在背後放聲大笑，而其他可惡的細弱笑聲又繼它之後而響起。

他嗒然若喪地回到河鼠家，把經過情形告訴對方。

「我告訴你什麼來著？」河鼠說：「沒用的。他們有衞兵站崗，而且個個全副武裝。你就先等一等吧。」

然而，蛤蟆還是不打算馬上投降，於是取出船隻，立即沿著河流往上划，來到由蛤蟆府前進往河濱的花園。

到達視線可及老家處，他靠在槳上，仔細打量陸地。一切似乎非常安詳安靜而荒蕪。他可以看見整個蛤蟆府的正面在夕陽下閃閃生輝，鴿子三三兩兩棲身在屋頂筆直的邊緣；看見花開似錦的花園，看見通往船庫的小溪，和橫過溪流的小木橋；一切都很安靜，不見半個人影，顯然是在等候他歸來。他自忖：首先嚐試進入船庫。他小心翼翼地運槳朝溪口划去，就在正要通過橋下方轟！

一顆大石從上方擲下，砸穿小船的船底。河水湧進船中，小船下沉，蛤蟆落在深水中掙扎。他仰頭一看，兩隻白鼬倚在小橋欄杆旁，興高采烈地探頭望著他，大叫：「小蛤蟆，下次砸的就是你的頭啦！」蛤蟆氣憤地游泳上岸，而兩隻白鼬就站在橋上一陣接一陣哈哈大笑個不停，直到兩隻都差點笑岔了氣。

蛤蟆身心俱疲地徒步往回走，再度向河鼠重述他的失意經驗。

「哼，我告訴你什麼來著？」河鼠暴躁萬分地說：「好啦！你給我聽著！瞧瞧你幹了什麼好事！白白毀了我那麼喜愛的一艘船，這就是你幹的好事！連我借給你那套漂亮的衣服也給報銷啦！說真的，蛤蟆，全世上的惱人動物裡就數你最讓人頭痛——我懷疑到底能不能留住任何一個朋友！」

蛤蟆立刻瞭解到自己的表現有多麼不妥、多愚蠢。他坦承自己的錯誤和剛愎自用，並為毀壞河鼠的小船和衣服迭聲道歉，同時使出一向能解除朋友對自己的批評，使他們回心轉意支持自己的老招數，進一步表明：「河鼠兄！我知道我一直是隻冥頑不靈、固執任性的蛤蟆！相信我，從今起我一定會謙卑聽話，沒有你的忠告和全盤贊同絕不輕舉妄動！」

「如果真是這樣的話，」好脾氣的河鼠已經平息了怒氣：「那麼我對你的建議是：既然時間已經不早了，你就坐下來等著吃一會兒馬上上桌的晚餐；還有千萬要有耐心。因為我確信在我們見到獾和鼴鼠，聽到他們帶回來的最新消息，並針對這難題開過會，聽取他們的建議以前，我們什麼也無法做。」

「噢，啊，對，當然，獾和鼴鼠。」蛤蟆輕率地說：「那兩個親愛的傢伙，現在怎麼樣啦？我壓根兒把他們給忘啦。」

「問得好！」河鼠帶著責備口吻說：「當你坐著昂貴的汽車到處跑，得意揚揚地騎在純種馬背上馳騁，大吃豪華奢侈的午餐時，那兩隻忠實的可憐動物就不分天晴天雨、颱風下雪地在外頭曠地上紮營，白天粗茶淡飯，晚上連躺都躺得很不舒服；他們監視你的房子，在你的邊界巡邏，不斷留意那些黃鼠狼和白鼬，籌思、策劃、圖謀如何為你奪回產業。蛤蟆，你實在不配擁有這麼忠心耿耿的真朋友；真的不配。總有一天，等到為時已晚時，你會後悔沒有趁擁有他倆時更加珍惜他們！」

「我知道，我是個忘恩負義的畜牲。」蛤蟆哽咽著流下難過的淚水：「咱們出去找他們去，到又冷又暗的外面去，分擔他們的辛苦，試著證明——等一下！我清清楚楚聽到杯碟在托盤上碰撞的聲音！終於可以吃晚飯啦，萬歲！快啊，河鼠！」

河鼠想起可憐的蛤蟆吃過好一段時日的牢飯，也就寬容大度地體諒他了，跟在他後頭走到餐桌旁，還在他狼吞虎嚥地補償自己過去這段日子所失去的口福時，慇懃地鼓勵他盡量多吃點。

他們剛吃完晚飯，回到搖椅上閒坐，門口便響起重重的敲叩聲。

蛤蟆緊張極了，但河鼠卻神祕兮兮地對他點點頭，立即走過去將門打開，獾先生隨著走了進來。

他的外表一看就是接連多夜不曾回家，吃盡不舒服和不便利之苦的樣子。鞋子上蓋滿了泥巴，整個人看起來篷頭垢面、披頭散髮；不過話說回來，本來獾先生也不是個常打扮得瀟灑時髦的人就是了。他神情凝重地走到蛤蟆面前，握握他的手，說：「歡迎回家，蛤蟆！天哪！我在說什麼呀？回家，真是的！這是趟可憐的返家。不幸的蛤蟆！」然後他背向蛤蟆，拉出自己的椅子坐到餐桌旁，切下一大片冷掉的派吃。

蛤蟆為這嚴肅而帶有不詳之兆的寒暄方式如坐針氈；但河鼠悄悄附耳告訴他：「別擔心；什麼也甭放在心上；先別對他說任何話。當他肚子裡唱空城計時，情緒總是特別低落沮喪。不到半個鐘頭，他就會完全變一個樣了。」

於是他倆安安靜靜地等著，不久又聽到一陣較輕的敲門聲。河鼠又朝蛤蟆微微頷首，走過去開了門，領著衣衫襤褸、骯骯髒髒，毛皮還沾著些草莖、乾秣的鼴鼠進來。

「唷呵！是蛤蟆！」他大叫：「噯呀，你回來啦！」他開始繞著歸客手舞足蹈：「我們從沒想到會這麼快就見到你！噢，你一定是設法逃出來的，你這聰明、機智、天才的蛤蟆！」

河鼠慌忙用手肘拐拐他示意；可是來不及了，河鼠已經在自我膨脹、大吹牛皮。

「聰明？噢，不！」他說：「根據朋友們的說法，我並不是真的聰明。我只不過是闖出全英國戒備最森嚴的監獄，如此而已！同時劫持一列火車逃亡，如此而已！另外喬裝改扮，到處騙騙別人，如此而已！噢，不！我是個大笨蛋，真的！我來告訴你我的一兩次小冒險，鼴鼠，然後你就可以自行判斷了！」

「喂，喂，」鼴鼠朝餐桌走去說：「我看還是我邊吃你邊說。從早餐到現在連一口東西都沒吃！噢，老天，噢，老天！」說著他坐下來，大口大口地將冷牛肉和泡菜往嘴裡送。

蛤蟆大剌剌地坐在爐邊地毯上，把爪子伸進長褲口袋裡，掏出一大把銀子。「瞧瞧！」他嚷著，向大家展示：「以短短幾分鐘的工作而言，不錯吧？你猜我是怎麼辦到的，鼴鼠？販馬！就是靠這個！」

「說下去，蛤蟆。」鼴鼠興致盎然地說。

「蛤蟆，靜一靜，拜託！」河鼠說：「還有，鼴鼠，你明知道他是怎樣一個傢伙，就別再慫恿他了；不過，既然蛤蟆終於回來了，請快告訴我們眼前的情況，還有應該怎麼辦最好。」

「情況大概是糟得不能再糟。」鼴鼠焦躁地回答：「至於說到該怎麼辦，唉，真是只有天知道！獾和我不分白天夜晚地在那地方繞來繞去，結果都一樣：到處都有守衛在巡哨，槍口對準我們，拿石頭擲我們；隨時都有動物在警戒，而當他們看到我們時，天！他們笑得多可恨哪！那正是最煩我的東西！」

「局勢十分艱難。」河鼠深思熟慮地說：「不過現在在我心靈深處，我想我明白蛤蟆真正該做的是什麼了。我告訴你們，他應該——」

「不，他不應該！」鼴鼠塞著滿口食物大喊：「絕對不行！你不明白、其實他應該做的是，他應該——」

「喂，無論如何，我不要！」蛤蟆激動地嚷著：「我才不聽你們這些傢伙的擺佈！我們現在討論的是我的房子。我非常清楚自己該怎麼辦。我這就告訴你們，我要──」

這時他們三個同時扯著最大的嗓門在發表自己的高見，那聲音簡直震耳欲聾。忽然他們聽到一個細弱沙啞的聲音說：「馬上安靜下來，你們三個！」屋內立時一片寂靜。

說這話的是獾。他已經吃完了他的派，把椅子轉過來，正神情嚴厲地盯著他們。當他看見自己已獲得大家的注意，他們三個顯然在等著他發表自己的高見，於是又轉身面對餐桌，伸手取乳酪。由於那人人敬佩的動物殷實可靠的性格廣受崇敬。一直到他用餐完畢，拂掉腿上的麵包屑為止，都沒人再說一句話。蛤蟆固然頻頻按捺不住，卻都被河鼠堅定地攔下了。

獾等完全填飽肚子後，便站起來走到壁爐前立定沉思。終於，他開口了。

「蛤蟆！」他嚴厲指叱：「你這專會闖禍的小壞動物！難道你自己不覺得慚愧嗎？你想想令尊，我的老友，今晚如果在這裡，知道你的所做所為，他會說什麼。」

這時蛤蟆坐在沙發上，整個臉埋在雙腿邊，懊悔地抽泣得渾身顫動。

「好啦，好啦！」獾的口氣慈愛多了！「沒關係。別再哭啦。以前種種譬如昨日死，我們試著來開創新的一頁。不過鼴鼠說得一點也沒錯。那些白鼬處處戒備，守衛之嚴世上無處可比。想要進攻那地方，根本是癡人說夢。他們太強大了，不是我們能抵抗的。」

「那就全完了。」蛤蟆抽抽答答，倒在坐墊堆裡大哭：「我得去應徵當兵，永遠也見不著我親愛的蛤蟆府啦！」

「喂，振作點，蛤蟆！」獾說：「取回一個地方的方法要比靠強取豪奪地霸佔多得多啦。我還沒把話說完哩。現在我要告訴你一個天大的祕密。」

蛤蟆緩緩坐起身來，揉乾眼睛。秘密對他始終具有莫大的吸引力，因為他本身從來無法保密，又喜歡享受在鄭重發誓不說出去後，卻跑出去告訴別的動物那種帶著罪惡感的刺激。

「地下──有──一條──通道，」獾鄭重強調地說：「是由河岸挖過去的。就在這附近，一直通到蛤蟆府正中央。」

「噢，獾，你胡說！」蛤蟆不假思索地回答：「你一定是在附近酒店裡聽到人家憑空杜撰情節。蛤蟆府裡裡外外每一吋地方我瞭若指掌。我保證，根本沒那種事情！」

「小朋友，」獾莊重肅穆地說：「令尊；一隻可敬的動物──比我認識的其他不少動物可敬得多──是我極其要好的至交，告訴了我好多他想都不會想要告訴你的話。他發現那條通道──當然，不是他所建造的；那條地道在他住進那兒的好幾百年前就已經建好──他心想萬一日後有什麼危險或麻煩，說不定它可以派得上用場，於是重新整修並清理好，同時帶我去看。『這件事別讓我兒子知道。』他說：『他是個好男孩，只可惜個性毛毛躁躁、反覆無常，而且無法保守機密。萬一他果真身陷困境，而祕密地道又能有助於他的話，就告訴他好了。但在那之前可千萬別透露出去。』」

另外兩隻小動物直直逼視蛤蟆，等著看他做何反應。最初蛤蟆本想大發脾氣；不過才一下子工夫他又眉開眼笑，恢復平常那副熱誠親切樣了。

「好吧，好吧，」他說：「也許我是有點兒大嘴巴。像我這麼有人緣的一個人──朋友們時時圍繞身邊──教我怎麼有辦法守口如瓶。我曾聽說過我該去開個沙龍；天曉得那是什麼玩意兒！別放在心上。往下說，獾！你這條通道要怎樣幫我們的忙？」

「近來我探聽出一兩件事情。」獾表示：「我叫水獺喬裝成一個掃煙囪工人，扛著掃把走後門謀得一份工作。明晚那裡將舉行一場宴會。有人過生日──我相信，是黃鼠狼頭目──所有黃鼠狼都會齊聚在飯廳，不帶半點疑心地吃吃喝喝、大哭大鬧。沒有槍枝、沒有刀劍、沒有棍棒、沒有任何武裝！」

「但崗哨還是會照站不誤。」河鼠認為。

「正是，」獾說：「那也是我的重點所在。黃鼠狼群將會百分之百信任他們優異的步哨，而我們卻是藉由那條地道進入。它一直通緊臨飯廳的餐具室底下，便利極啦！」

「啊！餐具室裡那塊老是吱吱叫的板子！」蛤蟆驚呼：「現在我明白啦！」

「我們要悄悄爬進餐具室——」鼴鼠嚷著。

「——帶著我們的槍、劍和棍棒——」河鼠高喊。

「並且衝上去攻打他們。」獾說。

「還要打垮他們，打垮，打垮，打垮他們！」蛤蟆欣喜若狂地繞著房間、一張椅子跳過一張椅地滿室飛奔。

「很好。那麼，」獾恢復平日那種莊重冷淡的態度：「我們的計劃就這樣決定了，你們都別再有任何爭論或口角。好啦，時間已經很晚，大家通通馬上去睡覺。明天早上，我們再來把一切必要的安排都弄好。」

蛤蟆自然乖乖跟著他們下去睡嘍——他知道拒絕不會有好結果——儘管心裡自以為興奮得不想睡。不過畢竟他今天已經度過好長好長一個緊湊多事的白天；況且在陰風慘慘的地牢裡，睡過那麼久只鋪著幾根乾草的石頭地後，被褥、毛毯對他來說實在太親切、太舒適囉！頭才剛靠在沈頭上，馬上就快活地呼呼大睡了。自然而然，他做了好多夢；夢見正當他需要馬路時，馬路忽然棄他而去，運河追逐著他、抓住他，一艘駁船載著他一週的換洗衣物開進宴客廳，正好撞上他在舉行餐會時；還有他一個人走在地道裡向前推進，而地道卻像打麻花一樣猛然扭身擺脫他，挺身坐正，直立起來；然而最後他還是莫名其妙地平安凱歸蛤蟆府，身旁眾多朋友圍繞，真心向他保證他是隻聰明的蛤蟆。

隔天早上他睡到日上三竿才起床，下樓時發現另外三隻動物都已吃完早餐好一會兒啦。鼴鼠獨自一個不知溜到哪裡去，並沒有告訴別人他的行踪。獾坐在搖椅上看報，對於晚上將發生的事毫不在乎。相反的，河鼠卻在整個房間裡跑來跑去，懷中滿滿抱著各式各樣武器，逐一分成四小堆放在地板上，邊跑邊亢奮地輕聲唸叨：「這把劍給河鼠，這把劍給鼴鼠，這把劍給蛤蟆，這把劍給獾！這把手槍給河鼠，這把手槍給鼴鼠，這把手槍給蛤蟆，這把手槍給獾！」就這樣，四小堆武器規律而有節奏地一再擴充再擴充。

「河鼠，我不是在責備你；」獾旋即從他報紙的邊邊瞅著那忙碌的小動物說：「那樣做很好。但只要我們一打倒那些白鼬，得到他們那些可惡的槍枝，保證你什麼劍、什麼手槍也不想要了。我們四個身帶棍棒，一進餐廳，嘿，不到五分鐘馬上把他們打得落花流水。這種事我一個都可以辦得成，只是我不想掃你們幾個的興。」

「還是有備無患的好。」河鼠經過三思，用袖子擦亮一把槍的槍管，再端詳端詳。

吃完早餐的蛤蟆拿起一支結實的棍棒，虎虎生風地揮舞著，重擊假想中的敵人。「我要學他們偷我的房子！」他嚷著：「我要學他們！我要學他們！」

「不要說『學他們』，蛤蟆。」河鼠震驚萬分：「措詞不當。」

「你為什麼老愛找蛤蟆的碴？」獾相當不滿地說：「他詞用得好不好有什麼關係？我自己還不是那麼說的。對我夠好，對你而言就該夠好！」

「很對不起，」河鼠謙卑地說：「只是我認為應該要『教訓』他們，而不是『學』他們才對。」

「但我們並不想教訓他們，」獾答道：「我們想要學他們——學他們，學他們！不只如此，我們更要做到。」

「噢，很好，隨你們怎麼說吧。」河鼠自己都給搞糊塗了，退到一個角落裡嘀嘀咕咕唸個不停：「學他們，教訓他們，教訓他們，學他們！」直到獾厲聲叱喝他住嘴才做罷。

不久鼴鼠跌跌撞撞地進來了，顯然心中正得意非凡。「我玩得痛快極啦！」他立刻開口：「我著著實實戲弄了那些白鼬一頓！」

「但願你——非常小心吧，鼴鼠？」河鼠憂心忡忡地問。

「但願。」鼴鼠自信滿滿地說：「我是在進廚房去注意一下蛤蟆早餐食物保溫時想到那主意的。我發現他昨天穿回家的舊洗衣婦裝掛在火爐前毛巾架上，於是穿上了它，戴上軟圓帽，披好圍巾，然後膽大包天地跑到蛤蟆府。哨兵自然仍是小心戒備，扛著槍，喝問：『來者何人？』等等諸如此類的無聊舉動。『早安，各位先生！』我畢躬畢敬地問：『今天有什麼要洗的嗎？』

「他們趾高氣昂地打量著我，神氣地冷哼數聲，說：『滾開，洗衣婦！我們站崗的時間不洗

任何東西。』『還有其他任何時候，不是嗎？』我說。呵，呵，呵；我很有意思吧，蛤蟆？」

「可憐，輕浮的動物！」蛤蟆傲慢地說。事實上，他對鼴鼠的舉動嫉妒得要命。若不是早沒想到又睡過了頭的話，他恨不得親自去做這件事。

「部分白鼬聽得臉紅脖子粗，」鼴鼠接著又說：「主管的巡官當下簡短地對我說：『快跑，好婦人，快跑開！別讓別的手下在值勤中鬆懈下來、和人談天。』『跑？』我說：『再過不了多久，要跑的人可就不是我囉！』」

「噢，鼴鼠，你怎麼敢？」河鼠驚慌地追問。

獾放下手中的報紙。

「我看到他們拉長耳朵、面面相覷，」鼴鼠繼續敘述：「巡官吩咐他們：『別理她；她不知道自己在話什麼。』」

「『噢！是嗎？』我說：『好吧，就讓我來告訴你們吧。我的女兒，她是在替貔先生洗衣服的；這樣你們就曉得我不知道自己在說什麼啦；而且你們很快便會曉得！今天晚上，一百隻驍勇喜戰的貔將會扛著他們的獵槍，取道牧圈進攻蛤蟆府。整整六船的河鼠將手持他們的棍棒和彎刀溯河而上，在花園成功登陸；而另一支由蛤蟆組成，號稱死士或寧死不屈蛤蟆軍的隊伍則將高喊復仇口號，勢如破竹地衝入果園，除非你們趁還來得及快快撤退，否則必定被他們掃蕩一空！』話一說完，我拔腿就跑，跑到他們看不見的地方後馬上躲起來，偷偷順著壕溝往回爬，然後透過樹籬窺視他們。那些白鼬全都緊張兮兮、慌成一團，立刻四散奔逃，互相擠來絆去，摔得滿地都是，個個都在發號司令，沒有一個在聽別人的指揮；巡官一團接一團地派遣白鼬到領土的邊陲去駐守，然後又派別的成員去把他們找回來；我聽到他們彼此議論紛紛，說：『那就是黃鼠狼的作風；他們自個兒舒舒服服地待在宴會廳，吃大餐，烤爐火，放聲高歌，飲酒作樂，而咱們卻得在冷颼颼的黑天暗地裡巡邏站崗，最後還得落個被能征善戰的貔剁成碎片的下場！』」

「噢，鼴鼠，你這笨蛋！」蛤蟆大叫：「你把事情全搞砸了！」

「鼴鼠，」獾一仍安詳持重的口吻：「我發覺你那小小的指掌間，自有比某個腦滿腸肥的動物更多的智計。你做得棒極了！從現在起，我對你抱有很大的期望。好鼴鼠！聰明的鼴鼠！」

蛤蟆嫉妒得發狂，尤其是就算他把腦袋想破了，也想不出鼴鼠的所做所為憑哪一點讓人這樣捧上了天；不過，算他幸運，在他還來不及為獾的諷刺而表示不滿或大發雷霆前，午餐鈴響了。

這是頓簡單而紮實的午餐——醺火腿、蠶豆、外加通心粉布丁；等他們全吃飽後，獾坐到搖椅上，說：「好啦，晚上行動的前置作業已經準備齊全了，也許會到很晚才順利辦完整件事；所以我要趁現在還可以的時候打個盹兒。」說著掏出一條手帕蓋在臉上，才一會兒便打起鼾來。

焦急又勤快的河鼠趕緊重拾他的準備工作，開始在四小堆東西間跑得團團轉，唧唧咕咕地唸著：「這條皮帶給河鼠，這條皮帶給鼴鼠，這條皮帶給蛤蟆，這條皮帶給獾！」等等，一樣一樣直往上加，彷彿永遠沒完沒了似的；於是鼴鼠挽起蛤蟆的手臂，把他帶到外面的空地上，推到一把柳條椅上坐好，要他把他所有的歷險事蹟從頭到尾說給自己聽，蛤蟆自然有一千一百個願意。鼴鼠是個好聽眾，而蛤蟆在沒人對他的陳述加以詬罵或殺他風景的情況下，更是暢所欲言，講得好起勁。事實上，他所敘述的內容大半是屬於那種要—是—我—早—想—到—而—不—是—十—分—鐘—後—才—想—到—很—可—能—產—生—的—情—形。那些一向都是最棒最惹人心動的歷險故事；何不就讓它們取代真正發生過而偏偏太差勁的故事，真的成為我們的歷險記呢？

# 第十二章・尤里西斯歸來

天色漸暗，河鼠帶著既興奮又神祕的態度把他倆召喚進客廳，讓他們各自站到自己那堆武器旁，著手替他們為即將到來的長征裝束妥當。對於這件事他做得非常認真徹底，花了很長一段時間。首先，要在每隻動物腰間各圍上一條皮帶，每條皮帶各插一把長劍，再在另一側的腰間插把彎刀以茲平衡。接下來是一對手槍，一把警棍，幾副手銬，幾條繃帶和絆創膏，以及一隻扁水壺和一個三明治盒。獾放聲大笑，說：「好吧，河鼠！這既讓你開心又於我無害。我將只用這把棍子辦完所有該辦的事。」但河鼠僅僅聲明：「拜託，獾！你知道我只是不願你事後怪我說我疏忽了任何東西！」

一切就緒之後，獾一手提著盞昏暗的提燈，另一手握緊著他的大棍棒，說：「好啦，隨我來！鼴鼠排第一個，因為我對他非常滿意；河鼠次之，蛤蟆最後。注意聽著，蛤蟆！不許你像平常嘮嘮叨叨，否則鐵定把你趕回去！」

蛤蟆為了怕被排除在外，一顆心懸在半空中，因此不發一句牢騷地乖乖就指定位置，四隻動物即刻出發。獾帶領他們沿著河邊走上一條小路，突然間，自己縱身一躍，沒入一個僅高於河面少許的洞口。鼴鼠和河鼠一見也默默跟著一躍而入；但輪到蛤蟆時，他當然是使盡了吃奶的力氣仍舊滑下來，在失聲驚叫之中嘩啦啦地跌入河裡。兩名好友將他拖了上來，匆匆擦乾他的手臉，擰乾他的衣服，加以安慰一番，並扶他站起來；但獾震怒異常，告訴他若是再鬧笑話，必定非要扔下他先走不可。

於是，他們終於進了祕道，一場有計劃的長征就此展開啦！

地道又黑又冷又潮溼，而且開得又矮又狹窄，可憐的蛤蟆半是害怕待會兒不知究竟會發生什麼事情，半是因為渾身溼透，開始猛打起哆嗦。提燈位在遙遙的前方，而昏暗中，他又無可避免地落後了一小段路。這時他聽到河鼠警告地喊著：「快呀，蛤蟆！」一股怕被孤單單地拋棄於黑暗中的恐懼攫住了他，他趕「快」往前一衝撞上河鼠，河鼠撞上鼴鼠，鼴鼠撞上獾，一下子大家亂成一團。獾以為遭人由背後攻擊；而窄小的地道不容施展棍棒或彎刀，於是拔出手槍，朝蛤蟆的方向開了一槍。等他弄清楚真象之後，他當真氣壞了，說道：「這回真的該扔下蛤蟆了。」

但蛤蟆嗚嗚悲泣，另外兩隻動物又立誓願為他的好行為負責，最後獾終於平下心來，整個行伍繼續前進，只不過這次換由河鼠殿後，並且牢牢握住蛤蟆肩膀。

於是，他們一行豎起耳朵，爪子擱在手槍上，一路摸索著拖步移動，最後獾說：「我們應該就在蛤蟆府下附近了。」

忽然間，他們聽到一種彷彿很遙遠，卻又顯然就在頭頂上方附近的凌亂細碎聲音，像是人們在大喊大叫，快樂地重重踩著地板、搥打桌面的聲音。蛤蟆的緊張驚恐一下子全又襲來，不過獾卻鎮定若恆地判斷：「他們正在進行；那些黃鼠狼！」

地道開始和緩地往上斜升；他們再摸索向上走一小段路，那股聲音又傳了過來。這次聽來十分清晰，而且幾乎就在頭頂上。他們聽到：「加—油—加—油—加—油—加油！」之聲，不絕於耳，還有小腳重重踩著地板，拳頭重重搥打桌面時玻璃器皿玎璫碰撞的聲音。「他們玩得多痛快啊！」獾說：「上吧！」他們沿著祕道加緊腳步，直到前方再無去路，發現自己就在通入餐具室活門門底下。

宴會廳裡傳出的聲音響亮驚人，他們的行動不太可能有被聽到的危險。獾一聲令下：「快，孩子們，一起出力！」四隻小動物齊用肩膀頂住活門，將它往上推，四個同時鑽出祕道，置身於餐具室中，和宴客廳間僅有一門之隔，一無所知的敵人們正在那裡狂歡呢！

在他們冒出秘道的那一剎那，喧鬧聲音真是震耳欲聾。終於，加油、搥打聲音慢慢平息，他們聽到某個聲音在說：「唔，我不打算耽擱各位太久」——（大聲喝采）——「但在我重新落座以前」——（又是一陣歡呼）——「我想說一段有關我們那好心房東；蛤蟆先生的話！」——

（哄堂大笑）——「善良的蛤蟆，規矩的蛤蟆，誠實的蛤蟆！」（愉快的尖叫聲）

「瞧我逮著他！」蛤蟆齜牙咧嘴地嘀咕。

「忍耐一下！」獾奮力制止他。「各位，準備好啦！」

「——讓我來為各位唱支小曲，」那聲音繼續下去：「是我以蛤蟆為主題創作的，」——

（歷久不衰的鼓掌喝采聲）

黃鼠狼頭目——因為說話的正是他——開始用高亢刺耳的嗓音唱出——

「蛤蟆出門找樂子

快快活活走在大街上——」

獾逼近門後，掃視同伴們一眼，高呼：

「是時候啦！隨我來！」

門砰然大開。

天！

整個宴會廳裡一片驚叫、尖叫、厲叫聲！

黃鼠狼嚇得不是紛紛鑽進桌底下，就是瘋狂地跳上窗口：那些雪貂發了瘋似的往壁爐衝，結果全無助地擠在煙囪裡！當四名英雄殺氣騰騰地大步跨進廳裡，登時桌子翻，椅子倒，玻璃杯和瓷具全嘩啦啦地摔到地上！偉大的獾，吹鬍瞪眼，手中的短棍舞得呼呼響；又黑又可怕的鼴鼠揮動他的長杖，高喊著他那恐怖的戰爭口號：「鼴鼠來啦！鼴鼠！」河鼠鬥志高昂，奮不顧身，皮帶上琳琅滿目插著各個年代的各式武器；因受創的自尊和激動而幾近發狂的蛤蟆將身體鼓脹成平時兩倍大，跳到半空中大吹把他們冷到骨子裡的蛤蟆氣！「蛤蟆出門找樂子！」他大吼：「我要找他們的樂子！」隨即直奔黃鼠狼頭目。他們總共只有四名成員，但在嚇破了膽的黃鼠狼群眼中，卻像滿屋子都是灰、黑、褐、黃的龐大動物，吹著大氣，虎虎生風地揮舞巨大的棍棒；他們在驚惶畏怖的尖叫聲中潰散奔逃，有的跳窗子，有的爬煙囪，只要哪裡棍棒打不到就往哪裡衝。

戰局沒有多久便結束。四隻動物繞著整座廳堂大步走，掄著棍棒朝每顆冒出腦袋的動物重重打去；不到幾分鐘，宴客廳裡便掃蕩一空啦！破碎的窗戶外頭，嚇得魂不附體的黃鼠狼們尖叫著衝過草坪逃命，聲音越聽越微弱；地板上十來個敵人畏服地拜倒在地，鼴鼠正忙著將這些降兵敗將銬上手銬。獾停止揮棒耍棍，拄著他的棍棒揩揩他那公正的腦門。

「鼴鼠，」他說：「你是最棒的一個！到外頭去料理你那些鼬哨兵吧，看看他們在做什麼。我認為，多虧有你，今晚我們才省掉很多從他們那邊來的麻煩！」

鼴鼠立即穿窗而出，不見蹤影；獾吩咐另外兩隻動物將餐桌抬起扶正，從滿地碎片殘骸中收拾起刀叉杯盤，看看能否找出什麼可以充當晚餐。「我想要點吃的；真的。蛤蟆，動作快點兒吧，還有兩眼睜亮點兒！我們為你奪回了府邸，你卻只招待我們一份三明治。」獾還是平日那副莊重冷淡的口氣。

蛤蟆十分傷心。獾並不像對鼴鼠那樣和顏悅色地對自己說話，也不誇他表現得多棒，仗打得多威風；因為他對自己直奔黃鼠狼，一棒打得對方從桌上飛過去的戰技術滿意的不得了。不過他還是勤快地工作，河鼠也是，很快地兩人就在一個玻璃盤上找到些番石榴果凍，和一份冷雞肉、一條幾乎沒被動過的舌頭，少許鬆糕，相當豐富的龍蝦沙拉；除此之外他們又在餐具室發現一籃法式甜甜圈，和大量的乳酪、奶油、及芹菜。他們正準備坐下來，鼴鼠又抱著一大把槍枝，砰砰咔咔地從窗口爬進來。

「一切都結束啦。」他報告：「我看得出來，原本已經緊張兮兮、驚慌失措的白鼬們，一聽到滿屋子亂鬨鬨的尖叫和大吼，有些馬上扔下長槍逃命去。另外一些堅持得久一點，可是當黃鼠狼朝著他們衝出去時，他們還以為自己被出賣了，於是抓住黃鼠狼扭打，而黃鼠狼也拳打腳踢地希望找出一條脫身之路，他們互相角力、鬥毆、扭打成一團，然後一直滾啊，滾啊，滾到絕大多數全掉進河裡！總之，現在他們全都不見蹤影啦；於是我收取他們遺留下的槍枝。所以，一切都圓滿收場啦！」

「真是一隻大有功勞的優秀動物！」獾嚼著滿嘴的雞肉和鬆糕，說：「現在，鼴鼠，在你坐下來和我們一道兒吃晚餐以前，我還有一件事要你去做；要不是我知道可以信任你必定會把一件事辦好，也不會麻煩你的；但願我對所認識的每隻動物都能這麼說就好嘍。倘若河鼠不是位詩人，我會改派他。我要你將地板上那幾個傢伙帶上樓去，打掃幾間臥房，徹底打理整潔，弄得舒舒服服的。留神要他們清掃床底下，換上乾淨的被單和枕頭套，把床罩的一角朝下翻，這個你知道該怎麼做；另外每個房間還要添一個熱水罐，幾條乾淨毛巾，和幾塊新肥皂。接下來，如果能夠讓你覺得滿意一點的話，不妨每隻揍他們一頓，然後把他們從後門趕出去，我想我們永遠不要再看見他們了。然後過來嚐點兒這個冷舌頭。風味一流歐。鼴鼠，我很欣賞你！」

好脾氣的鼴鼠拿起一支棍棒，要地板上那群戰俘排成一列，下達命令：「快步前進！」然後帶隊上樓。經過一段時間後，他帶著微笑回來了，宣稱每個房間都已準備妥當，乾淨整齊，一塵不染。「還有，我用不著揍他們，」他補充道：「我想，大致上，今晚一晚那些黃鼠狼已經被打得夠慘了，當我對他們指出這一點，他們全都完全同意，並且說他們不願麻煩我。他們十分內疚，並表示對自己過去的所做所為非常後悔，但那全是黃鼠狼頭目和白鼬們的錯，任何時候要是有用得著他們做任何事情好贖罪的話，我們只消開個口就行了。於是我給他們每隻一個甜甜圈，讓他們從後門離開，他們全都卯足全力，飛一般地跑了。」

接著鼴鼠把自己的椅子拉到桌邊，埋頭大啖冷舌頭；而蛤蟆也表現出他的紳士風度，把所有的醋意全拋開一旁，由衷表示：「謝謝你，親愛的鼴鼠，謝謝你今晚不辭勞苦，不畏麻煩，更謝謝你今早的機智！」獾聽了很是開心：「我勇敢的蛤蟆說得好！」於是，他們痛痛快快、心滿意足地吃飽了晚餐，馬上各自就寢，在他們以無可匹敵的銳氣、完善的戰略、和精湛的棍技奪回的蛤蟆祖宅內，安定穩穩地睡在潔淨的被單。

第二天早上，像平常一樣老是晚起的蛤蟆，下樓吃早餐時已經晚得好丟臉。他在桌上發現許多空蛋殼，一些又冷又硬的土司片，一支已經空了四分之三、只剩下一點點咖啡的咖啡壺；想到這異竟是他自己的房子，再看看眼前那畫面，他的情緒可很難好得起來嘍！從早餐室的落地窗望去，他看見鼴鼠和河鼠正坐在外面草坪裡的柳條椅上，時而哈哈大笑，時而抬起他們的小短腿在空中亂踢亂蹬，顯然正在天南地北地相互聊天。獾呢，坐在搖椅上埋頭看報紙，當蛤蟆進來時，他只是抬起眼皮，朝他點個頭。但蛤蟆深悉他的為人，於是坐下來，盡可能替自己弄頓最好的早餐吃，一心只顧思量著遲早要和另外兩隻動物扯平。等他快吃完早餐時，獾抬起頭來簡短有力地表明：「很抱歉，蛤蟆，我想眼前你有件相當吃重的晨間工作要做。你知道，我們真的應該馬上辦一場宴會，以便慶祝這件事。那是你理當做的——事實上，這是規矩。」

「噢，沒問題！」蛤蟆一口答應：「但憑吩咐。只是我實在想不通，你究竟為什麼會想在早上時間舉辦一場宴會。但你知道我活著並非為了讓自己開心，而純粹是為了發掘朋友們想要什麼，然後設法為他們安排，親愛的老獾！」

「你已經夠蠢了，用不著再裝得更笨。」獾暴躁地回答：「也別一講話就口沫橫飛，往你的咖啡裡頭噴一大堆口水。我的意思是，宴會當然要在晚上舉行，但邀請函則應該在早上寫好，馬上送出去。好啦，坐到那張桌邊去——那邊有疊信紙，頂上已經以金、藍二色寫好『蛤蟆府』三個字——快寫好邀請函給我們所有的朋友吧。要是你一直認真地寫，午餐以前我們就可以把帖子發出去了。另外我也會助你一臂之力，盡到我的職責。我會安排好宴會事宜。」

「什麼！」蛤蟆驚惶地大叫：「這樣一個天清氣爽的早晨，我正想繞一繞我的領地，把所有的人與事整頓就緒，大搖大擺地享受一番樂趣，卻要我待在屋內寫一大堆蹩腳信！絕不！我要——我要讓你——不過，唔，等一等！噢，當然，親愛的獾！我一個人的樂趣或便利和其他人的相較之下算什麼呢！你要我辦，我就辦。去吧，獾，去安排宴會事宜，你愛怎麼安排就怎麼安排；然後加入外面那兩位小朋友天真無知的歡笑，把我和我的費心盡責、辛苦工作全一股腦兒拋到腦後。我為友誼和責任的祭壇，奉獻出這個完美的早晨。」

獾滿腹狐疑地盯著他們，但蛤蟆那坦率爽直的神情，讓人很難猜測到這態度的轉變有任何卑劣的動機。他由廚房方向退出早餐室，背後的門才剛關上，蛤蟆立即匆匆坐到寫字枱邊。他要寫邀請函；他要特別留意提到自己在這一仗中所居的領導地位，還有他如何撂倒黃鼠狼頭目；他要針對自己的歷險做種種暗示，暗示他有多麼棒的一段得意生涯必須公告周知；同時在扉頁上面他將列出今晚的餘興節目表——他在腦中構思著，大概像這樣子——

開講　（蛤蟆演出）

（晚間蛤蟆將會有另幾次講話）

演說　（蛤蟆演出）

大綱——我們的獄政制度——老英國的水路——馬匹交易與交易手段——產業，它的權利與義務——回到陸地——一位典型的英國鄉紳。

歌唱　（蛤蟆演出）

（親自作詞作曲）

其他創作曲　（蛤蟆演出）

晚會間穿插演出，由……創作者演唱。

這念頭讓他快活極啦！他伏首疾書，在近午時分將所有信件寫完。就在此時，據報有雙滿身泥濘的小黃鼠狼來到門口，怯生生地問幾位紳士可有需要他效勞之處。蛤蟆躊躇滿志地走到門口，發現原來是昨晚的俘虜之一，正恭恭敬敬地急著取悅他們。他拍拍黃鼠狼的頭，把一整束邀請函塞入他的掌中，吩咐他趕緊到處投遞，儘快分送完，倘若能夠在傍晚以前辦好這件差使的話，說不定會有一先令賞他，不過也說不一定；可憐的黃鼠狼似乎真的感激涕零，迫不及待地奔出去辦事去啦！

一整個早晨在河上玩得過癮的其他三隻動物嬉嬉鬧鬧、談笑風生地進來了，始終感到良心不安的鼴鼠遲疑地瞅著蛤蟆，預料會發現他憋足一肚子氣或消沉沮喪。相反的，他卻是那麼眉飛色舞、盛氣凌人，教鼴鼠不由自主地起了疑了；在這同時河鼠和獾交換一個若有深意的眼神。

午餐剛一吃完，蛤蟆便將雙爪深深插進口袋裡，吊兒郎當地表示：「喂，盡情玩吧，各位！想要什麼儘管說。」然後趾高氣昂地朝花園走去，想在那裡替即將到來的演講構思一、兩個點子，這時河鼠過來抓住他的手臂。

蛤蟆相當懷疑他究竟想幹什麼，使盡全力想要掙脫；但當獾堅定有力地抓住他另一隻手臂時，他便開始瞭解遊戲結束啦！兩隻動物左右挾持，把他們帶進房門向著門廊推開的小小吸菸室，砰然緊閉那扇門，將他推到一把椅子上，然後雙雙站在他面前。而蛤蟆則悶不哼聲地坐在椅子上，帶著滿腹疑雲、情緒不佳地打量著他倆。

「喂，注意聽著，蛤蟆，」河鼠說：「是有關於這場宴會的事情，非常遺憾我必須像這樣和你說話。不過我們希望你清楚楚明白，只此一次絕不重複，晚會間將不會有任何講演或歌唱。試著瞭解這個事實：這一次我們不是在跟你爭論；而是通知你。」

「就為他們唱一支小曲也不行嗎？」他可憐兮兮地哀求。

「不行，一支小曲也不行。」儘管河鼠一見可憐的蛤蟆失望得嘴唇發抖，自己也不忍得心在淌血，仍舊斷然表示：「沒用的，蛤蟆老弟；你明知道自己唱的都是些自大、誇炫、虛榮的歌曲；你的演說都是老王賣瓜，自賣自誇，而且──而且──唔，粗俗誇張得不得了，而且──而且──」

「而且全是垃圾。」獾截口說道。

「這是為你自己好，蛤蟆。」河鼠接著表示：「你知道你遲早必須展開新生活，而現在似乎正是開創它的絕佳時機；是你人生的轉捩點。請別以為說這些話傷我不比傷你深。」

蛤蟆沉思良久。最後他抬起頭來，帶著一臉激動莫名的表情。「你們贏了，我的朋友。」他聲音哽咽地說：「坦白說，其實我所要求的只是一件小事──只求能有再一晚的燦爛與誇耀，讓我盡情地聆聽那對我而言似乎永恆無盡的如雷喝采聲──設法──激發我的優點。然而，我知道，你們說得對，我錯了。從今以後我將會做一隻改頭換面的蛤蟆。朋友們，你們將永遠不用再為我臉紅了。只是，噢，天哪，天哪，這真是個嚴酷的世界！」

隨即，他用手帕幪住整張臉，踉踉蹌蹌地走出吸菸室。

「獾，」河鼠說：「我覺得自己像個冷血動物；不知道你是什麼感覺？」

「噢，我懂，我懂，」獾落落寡歡地說：「只是這件事情非做不可啊！這善良的孩子必須在這兒生活，保持適當水準，受人尊敬。難道你願意他成為別人的笑柄，任由白鼬和黃鼠狼們調侃、奚落嗎？」

「當然不願意。」河鼠說：「還有，提到黃鼠狼，幸虧我們湊巧在那小黃鼠狼正要發送蛤蟆的邀請函時撞見他。從你告訴我的話裡我就懷疑裡頭大有文章，並且仔細看了兩封；真是丟臉喲，我把原來那批全沒收了，這會兒鼴鼠正坐在藍色閨房裡重新填寫簡單、樸實的邀請函呢。

終於，宴會展開的時刻接近了，離開另外兩隻動物後就退回自己房間的蛤蟆還滿臉心思、憂愁沮喪地坐在房裡頭。他一手支著額頭，陷入漫長的沉思。漸漸地，他一掃愁容，露出緩緩的、長長的微笑，接著忸忸捏捏，害臊地發出竊竊嘻笑聲。最後他站起來，鎖上房門，拉上窗簾，把房裡所有的椅子拉過來排成半圓形，站到他們的前面就定位，脹起肚皮，然後一鞠躬，輕咳兩聲，對著想像之中清晰可見的狂歡聽眾，盡情地揚聲高歌：

## 蛤蟆的最後一支小曲

蛤蟆——回——家啦！
客廳裡慌成一團，走道上一片哀嘆，
牛棚裡聲聲長號，馬廄中陣陣尖叫，
就在蛤蟆——回——家時！

就在蛤蟆——回——家時！
窗戶硫個粉碎，門板砰然倒下來，
暈倒在地板上的是恃強凌弱黃鼠狼，
就在蛤蟆——回——家時！

砰！鼓聲響起！
號兵吹起喇叭，士兵在致敬，
他們發射霰彈槍，呼呼開著汽車跑，

正當——英雄——又到時！

高呼——萬歲！

讓每一個群眾試著喊出響徹雲霄聲，

向一隻你們深深引以爲榮的動物致敬，

因爲這是蛤蟆——偉大——的日子！

他唱得聲音宏亮，津津有味，痛痛快快地發洩一場；唱完之後，又從頭到尾再唱一遍。

然後，他吐出一聲沉沉的歎息；長長、長長、長長的歎息！

接著，他又把自己的髮梳浸入水瓶裡，將頭髮中分、上髮膏，梳得一絲不亂、油油亮亮的貼在臉頰兩側；然後打開門鎖，悄悄地下樓迎接他知道想必都聚集在客廳的來賓。

當他進入廳中，所有的客人無不鼓掌歡呼，圍攏過來恭喜他，對他的勇氣、聰穎、和戰鬥才華大加讚揚；但蛤蟆只是帶著淡淡笑容，語焉不清地低語：「沒有的事！」或者有時變化一下，說：「絕非如此！」正站在壁爐氈上向一圈仰慕的朋友們描述倘若自己在場，將會如何處理大局的水獺走上前來，伸出一隻粗壯的手臂攬住蛤蟆的脖子，想要帶著他以勝利的步伐繞場一周；但蛤蟆卻以令他覺得相當怠慢的溫和態度，委婉地推辭了：「獾才是主腦人物；鼹鼠和河鼠在戰鬥中一馬當先、衝鋒陷陣；而我只是參與其事，做得很少，甚至可以說沒有。」在場所有的動物全被他這出乎意料的態度嚇一大跳，搞糊塗了；而蛤蟆覺得，當他由一位客人走到另一位客人面前，做出他謙遜的回應時，自己儼然成為吸引全場關注的焦點。

獾把所有事情全安排得棒極啦，整場宴會非常成功！動物之間話聲不斷、笑聲滿堂、互相開玩笑，而蛤蟆（當然是坐在椅子上）卻始終垂著頭，沒有對兩旁的動物說任何一句詼諧的俏皮話。偶而，他會偷偷斜溜一眼獾和河鼠，每次總是看見他倆張著嘴巴，望著對方；同時對他的表現大表滿意。有些比較年輕活潑的動物隨著時間漸漸晚了，彼此附耳低語，說今晚不像他們美好的往日來時那般好玩；有些動物敲打著桌面大叫：「蛤蟆！演講！蛤蟆發表演講！唱歌！蛤蟆先生唱歌！」但蛤蟆只是輕輕搖頭，抬起一隻手爪推卻，藉著不斷要客人們多吃些點心，藉著針對某個特定主題的小小談話，藉著殷勤地詢問客人們家中年紀太小、還無法出席社交場合的成員近況，設法向大家傳達這場餐宴是嚴格地依照傳統方式進行。

他的確是隻改頭換面了的蛤蟆！

經過這陣高潮後，四隻動物重拾被內戰猛烈破壞的生活，快快樂樂、愜意安詳，不再遭受任何造反、攻擊的困擾。蛤蟆在和朋友仔細磋商之後，挑了一組鑲著珍珠的漂亮金項鏈、金手鐲，附帶一封連獾看了也認為寫得很謙虛、充滿感激之意的信寄去送給獄吏的女兒；對於火車司機則給予適度的感謝，並彌補他所受的一切痛苦和麻煩。在獾的嚴厲逼迫下，就連那船婦也被費了一番工夫找到，並謹慎估計馬匹的價值，給予她賠償；對於這件事蛤蟆自認為是命運之神的工具，被派來對那不能一眼明辨道地紳士的胖婦人施以懲罰，因此對此大表抗議。至於總額並非太高的馬匹價格，則經由地方上的估價員證實，吉普賽人的評估極為公道。

有時候，在漫長的夏日黃昏裡，幾位好友會結伴前往在他們認為如今相當馴服的野樹林散步；看到他們如何受到林中居民的尊敬與歡迎，見到黃鼠狼媽媽如何帶著她們的小娃兒來到洞口，指指點點地說：「瞧，小寶貝！走過去的那位是偉大的蛤蟆先生！和他並肩的是英勇豪俠的河鼠，一位可怕的戰士！遠遠走來的是你父親常常告訴你的那位，大名鼎鼎的鼴鼠先生！」真是一件令人快活的事。不過萬一她們的寶寶性情乖張易怒、難以管教的話，她們就會威脅孩子說要是再不安靜下來、別再煩她們，可怕的灰獾就要來抓他們嘍，這樣孩子必定馬上乖乖靜下來。

這對獾實在是非常不公平的中傷；因為他雖然素性不愛與人交際，卻相當喜歡小孩子；不過這一招的效果從來不曾打折過哩！

〈全書終〉

國家圖書館出版品預行編目資料

柳林中的風聲／肯尼斯・格雷厄姆著；楊玉娘譯 --
二版 -- 新北市：新潮社文化事業有限公司，2022.11
面；　公分
譯自：THE WIND IN THE WILLOWS
ISBN　978-986-316-848-5（平裝）

873.596　　111013516

**柳林中的風聲**

肯尼斯・格雷厄姆／著

楊玉娘／譯

【策　劃】林郁
【制　作】天蠍座文創
【出　版】新潮社文化事業有限公司
電話：(02) 8666-5711
傳真：(02) 8666-5833
E-mail：service@xcsbook.com.tw

【總經銷】創智文化有限公司
新北市土城區忠承路 89 號 6F（永寧科技園區）
電話：(02) 2268-3489
傳真：(02) 2269-6560

印前作業　菩薩蠻、東豪印刷事業有限公司

二　版　2022 年 12 月